Separation
―きみが還る場所

市川拓司 Takuji Ichikawa

アルファポリス文庫

http://www.alphapolis.co.jp/

それでも、
ずっとぼくのそばから離れずにいてくれた
きみに

1

そう、とにかく、記憶の初めにあるのは、彼女のブラウスを透かして見えていた、下着のあざやかな白さだった。

出会いから語ろうとすると、どうしてもこの記憶から始めなくてはならない。

15の彼女は一切の虚飾をそぎおとした、とても簡潔ないでたちをした、どちらかと言えば控えめな印象の少女だった。

入学式が終わり、教室に集められた新入生たちは、便宜的に男女の区別無く名前の順で席をふりわけられていった。五十嵐の次が井上ということで、必然的にぼくは彼女の後ろの席に座ることになった。目の前には彼女の薄い背中があった。

暖かい陽気のせいだったのか、それとも他に理由があったのかはわからないが、その時彼女は上着やベストをはおることなく、白いブラウス一枚の姿だった。

ぼくは彼女の首の細さや思春期前の子供のような、ひどく華奢な身体の曲線に目を奪われた。

そして、彼女がその胸をおおうための小さな下着をつけていることに気付き、何だか奇妙な違和感を覚えた。

それは、白いキャンバスに紅いインクを落としたような印象をぼくに与えた。（実際には青みがかったブラウスを透かして見えていたのは真っ白な下着の色だったのだけれど）

15という年頃の彼女の中の両義性にぼくは戸惑いを覚え、そして、それが後に二人を近づける最初の契機になったのかもしれない。

のちに、裕子にそのことを話すと、彼女はひどく曖昧な笑みでぼくをみた。

確かに、15の私にあの下着は必要なかったけれど、他の女の子と違うものを身につけるのは恥ずかしかったし、誰だってあの年頃は背伸びをしたがるものだし――

でも、と彼女は続けて、

そんな私の内面まで見透かされたようで、もしあの時、井上くんがそのことを告げていたら、私は次の日から学校に行くことをやめていたかもしれない――

ぼくは、何も言わなくて良かったと、そのとき、内心胸をなでおろしていた。ぼくは人の心のありようを理解することが下手なために、心ない言動で、知らぬ間によく他人を傷つけていたから。

そうやってぼくらは出会ったわけだけど、それから随分と長い間、彼女はぼくの中では無垢の肉体に背伸びをした装飾という、ちぐはぐなイメージで括られたごくささやかな存在に留まっていた。

彼女は入学して間もなく全国的にも名門と言われている、うちの学校の新体操部に入部し、それから少し遅れてぼくは陸上部に（こちらは20年ぐらい遡ればインターハイ優勝者もいるけど、今はその存続すら危うい、という弱小クラブだった）入部することとなった。

おたがい、資質には恵まれていたんだと思う。

彼女は信じられないほど細い躯に、ぼくの手の中に隠れてしまうぐらいの小さな頭という身体的優位性と、たいていのライバルよりは高く跳ぶことが出来る強靱な脚を持っていた。

ぼくは敏捷性と持久性という一見相反する二つの能力を、森の民と野の民である遠い御先祖さまからそれぞれ受け継いでいた。

そんなわけで、ぼくらは2年の秋にはすでに二人とも県下では3本の指に入るほどの選手になっていた。そうなるとぼくらは、いかに速くとか、いかにしなやかにとか、いかに正確にとか、そんなことで頭を一杯にして、他のことは殆ど眼に入らない日々を送るようになる。ぼくらは3年間クラスが一緒だったけれど、互いの存在を意識しあう接触の機会というのは、本当にごく僅かでしかなかった。

例えば、ぼくらは同じ路線のバスを使って通学していたけれど、二人が同じバスに乗り合わすのは、クラブ活動が休止となる試験期間に限られていた。

普段の朝、彼女は始発のバスに乗って学校に向かう。クラブの早朝練習に参加するためだ。実にそれから2時間以上遅れて、ぼくが同じバス停に現れる。他の生徒たちは皆、そのあいだのどこかでバスに乗り込んでいく。

ぼくがこれほど遅い時間を選んでいたのは、つまるところ、あのクラスメートたちでごったがえす車内の喧噪が、うんざりするほど嫌いだったからだ。

ぼくと同じぐらい（あるいはそれ以上に）人嫌いと標榜されるクラスメートの女子と二人きりの貸し切りバスに乗って、ぼくは毎朝学校に通っていた。

彼女がバスの一番前。そしてぼくが一番後ろ。

当然、教室に辿り着く頃には一限目の授業が始まっていたが、それをうるさく言うような野暮な教師はうちの学校にはいなかった。ただ、彼らは何も言わず、学期末の評価にちょっと手を加えるだけだ。

なかなか上品なやり口だと思う。

ぼくは夜間クラスの生徒が置いていった室内履きに履き替え、先輩から譲り受けた教師用の教材を教科書代わりに机の上に広げ、それからおもむろに30分遅れの始業のベルを胸の中で響かせるのだった。

教育テレビのパペット人形のような教師たちの授業は、おそろしく退屈で、それはツェツェ蠅以上の導眠効果をぼくらにもたらした。だから、午後の授業はたいてい自主休講にして陸上部の部室で一人、シリトーやファウルズといった、ぼくの好きな英国の作家たちの作品を読んで過ごしていた。

各教科の教師たちは、ぼくの不在の理由をきまって裕子に訊ねた。

不運なことに、3年間、彼女は殆どぼくの前の席に座って過ごすことになる。教師たちはその事実と共に、のちの二人の関係を予見するかのように、彼女がぼくのお目付役であると勝手に決め込んでいるようだった。

もちろん、裕子はぼくの居場所を知るわけもなく、ただいつも教師たちの問いに当惑の表情を見せ、「わかりません」と答えるしかなかった。そのやりとりは3年間、幾度となく繰り返され、彼女の中で「いのうえ」という名と「わかりません」という言葉はひと括りで囲われるようになっていった。

実際、この頃のぼくらは互いのことを微塵もわかり合っていなかった。

彼女はぼくの居場所を見失い、ぼくはただ、彼女の白い下着だけしか見ていなかったのだから。

やがて3年になり、ほんの少しの悔恨と、可能性という言い訳を胸に高校での競技生活を終えたぼくは、受験生というネームタグの付いたひどく窮屈な服を着せられ、退屈な日々の中に埋没していくことになる。

それでもぼくは、走るための時間を犠牲にするつもりははなから無かった。

ぼくにとって走ることは息をすることと同じくらい自然で、しかも不可欠な要素だったから。

限られた時間の中で最大効率をひきだすために、受験のための参考書は4冊だけに絞ることにした。つまり、英単語、英熟語、古典、漢文の4冊だ。経済的だし、シンプルでぼくの性にあっている。社会はいっさい手をつけないことにした。本番では択一の問題に超常的な感覚を発揮して、確率以上の正解数をたたきだすつもりでいた。

一度だけ試しに受けてみた全国模試では、英語と国語は全受験者の上位5％に入る上々な結果となった。もっとも社会は例の超常感覚は不発に終わり、不吉な成績を記していた。平均すればごく平凡な成績に落ち着いたが、おおむね自分の勉強法が間違っていなかったということを、この模試で確認することが出来た。

この極めて効率的な勉強法のおかげで、充分すぎるほどの自由な時間を手に入れたぼくは、思う存分走ることに、その余白を割り当てることが出来た。グラウンドにはもうすでに3年生がいる場所はなかった。だからぼくは、学校からさほど遠くない距離にある自然公園の中に走る場所を求めた。

その日もぼくは学校の授業が終わると、自転車に乗って自然公園に向かった。

運命的必然というと、何やら後知恵めいて聞こえるけど、のちに振り返ってみれば、やはりあの日ぼくらは出会うべくして出会ったのだと言うことが出来ると思う。ぼくがいつもは使わない近道（国立大学のキャンパス内を通り抜けるブルーバール・ルート）を通ったのも、ジョン（彼女が飼っている耳だれに悩む老犬）が、公園の入り口に立つ案内板の支柱にいつもより長く執着をしめしたのも、それは結局ふたりがそこで出会うための運命の呼び水だったのだということが――

ぼくは公園の入り口にある駐輪場の柵に自転車をつなぐと、軽くストレッチをしてから森に続く道を走りだした。秋色に染まる木々が風にこずえをそよがせ、まるで小さな子供が吹く口笛のような、ひゅー、ひゅーという音をたてていた。ぼくは、葉の隙間から零れ落ちる金色の光が舞う中をゆっくりとしたペースで走った。

やがて、小径の向こうに一人の少女の姿があらわれた。長い髪が風に揺れるその後ろ姿は、何故かぼくをとても懐かしい気分にさせた。浅黄色のモスリンのパーカーにチェックのミニ。傍らにはひどくみすぼらしい姿の犬が一匹いた。近付くにつれて懐かしい気分は、より明確な既視感へと変わっていった。その理由もわからないまま、ぼくは胸の鼓動が速まるのを感じた。

さらにもう2、3歩すすんだところで、ぼくの気配に気付いたのか、少女がゆっくりと振り返った。

そして彼女は言った。

「こんにちは井上くん」

ひどく間の抜けたことに、ぼくはその時、この少女が誰なのか気付かずにいた。自分の名を呼ぶ見知らぬ女の子に、ぼくはどぎまぎしていた。彼女は不思議そうな顔でぼくを見ている。

不器用な沈黙の重さに、ぼくは胸苦しさを覚えた。

視線を合わすのが恥ずかしかったので、ぼくはチェックのミニからすらりと伸びた白い脚をじっと見ていた。雲間から地上に届く光にも似て、その脚はなめらかで、とても直線的だった。ある意味、この年頃の女の子にあるべき性的な要素がすっぽりと欠落している感じもした。

――イノセンス――

そして、ぼくは彼女が誰であるのか唐突に気付いた。彼女が白いブラウスを着ていたなら、すぐにでも気付いたのにとぼくは思ったが、それを口にすることは無かった。

「こんにちは、五十嵐さん」とぼくは言った。


今にして思えば、この時こそが本当の意味での二人の出会いだったのかもしれない。決して交わることの無かった双曲線に、ビーナスの息子がちょっとした変数を書き加えたのだった。彼女はすごく可愛かったし、その可愛い女の子が自分の良く知っている身近な人間だったことが、よけいぼくを落ち着かない気分にさせた。


「走ることがすきなのね」

そう彼女が言ったとき、ぼくはわけもなく顔を赤らめた。「すき」という言葉が彼女の細く、微かに震えるような声で語られたことに敏感に反応してしまったのだ。

「そう、すきだよ」

何だか告白しているような気がして、ぼくは急いで付け加えた。

「走ることがね」

「そう」と彼女が言った。

「私もすきよ」

ぼくははっとして彼女の顔を見た。

「ジョンとこの森を散歩することが――」

そう言って彼女は微笑んだ。

つまるところ、ぼくらは15で出会ったときから少しずつ惹かれ合っていたんだと思う。ただ、お互いそういう感情に不慣れだったものだから、それを持て余し、心の奥深い場所に重石をつけて沈めてしまったのだ。


「でも、なんで今までぼくらはこの森で出会わなかったのかな？」

ぼくが訊くと彼女は「そうね」と大きな目をしばたかせた。

「今日は少しだけ、いつもより公園の入り口にいる時間が長かったの」

なるほど。

「ぼくは少しだけいつもより早く公園の入り口に着いたんだ」

だとしたら、と彼女が言った。

「私たちはいつも少しだけすれ違っていたのね」

そうみたいだね。

明日も今日みたいに少しだけながくあの場所にとどまってみようかしら——

彼女がそう言ったとき、ぼくは胸の奥深くから何かが急速に浮かび上がってくるのを感じた。

そう——ありていに言って、ぼくはこの時、恋に落ちたのだった。

2

それから毎日のように二人は森で落ち合い、３年分の日々を取り戻すかのように夢中になって語り合った。

ぼくは狭い部屋の中で一人、暮らしてきたが、そっとドアを開け隣の部屋を訪ねてみたら、そこに彼女がいたのだと、そんなふうに感じていた。初めから二人はすぐ近くにいたのに、何とも遠回りをしてしまったものだ。廊下の向こうには、その先にも果てしなく幾つものドアが続いていたが、そのいずれにもぼくは全く興味が無かった。一人より二人のほうが素晴らしいということはわかったけれど、かといって二人よりも三人のほうが居心地がいいかというと、どう考えてもそれは有りそうにない話のようにぼくには感じられたから。

春はあっというまに来た。

何だかいつもよりも一ヶ月ぐらい早く4月になったように感じられたが、多分それはぼくの思い違いだったのだろう。

裕子は東京の短大に通うため、世田谷の寮に入ることになった。

ぼくは結局、地元の教育大学に通うことにした。

試験科目が英語と国語のふたつだけだったからという、何とも実用主義的な理由で選んだわけだけど、ぼくは教師になるつもりは最初から無かった。それにも関わらず、ぼくは東京の私大の教育学部も受験していた。英、国はそこそこの出来だったが、社会は確率論の常識を超える信じがたい不正解率を記録し（ありのままを言えば、それは限りなく0点に近かった）、不合格となった。超常的な感覚はマイナスに作用したらしい。2校とも陸上部に伝統があるというのが、もう一つの受験の動機ではあったが、ぼくの不純な目的のために、未来の有能な教師が一人失われたのかもしれないと思うと、ぼくの胸はほんの少しだけ痛んだ。

結果的に二人は空間的に遠く引き離された形になってしまったけれど、それでもぼくらは出来うる限りの機会を利用して共通の時間をつくりあげた。互いにアミニズム的素朴さで電話という存在を畏れていたから、二人の交信はもっぱら手紙にたよっていた。そのもどかしさから来る反動だったのかもしれないが、ぼくらは出逢う機会があれば、その度にあくまでも直截的なやりかたで相互理解しあうことに固執した。率直にいってしまえば、ぼくらはあまりに若く、しかも他の誰よりもしなやかで魅力的な肉体を持ち合わせてたので、どうしてもその存在を無視することが出来なかったのだ。

その頃の二人が写っているセルフポートレートが残っているけど、それはまるでカルバン・クラインの広告写真のようにも見える。ベッドの上で下着姿のふたりが、日溜まりの猫のようにくつろいでいる光景だが、そこに写る彼らはとても幸福そうな顔をしている。無邪気で好奇心に満ち、自分たちが踏み入れた新しい世界を眩しそうな眼で見つめている。

ただ、実際的には、そんなふうにくつろいだ時間を持てることはほんとにまれだった。会える日は月に一度か二度しかなく、しかも二人きりになれる場所はごく限られていた。家のものが運良く出払ってくれれば、二人はぼくの部屋でゆっくりとセックスを楽しむことが出来たし、人の少ない公園ならば、ペッティングぐらいは可能だった。そして、深夜の駅のコンコースでネッキングをし、夕暮れの交差点で、信号を待つ間にぼくらはそっとキスをした。

ホテルに行くような金の持ち合わせは無かったけど（競技生活に打ち込む学生ほど貧乏な存在はいないから）、それでもぼくらは充分満ち足りていた。

ぼくらが無思慮で目の前にある多くのものを見逃していたとしても、それはしかたのないことだったと思う。だいたい、思慮深い10代の人間が一体どれだけいるというのだ？　肉体は限りなく高められ、あともう少し望めば空だって飛べそうな、そんな全能感に満たされているときに、その肉体こそが人生のくびきとなるなんてこと誰が思うだろう。

それは何の予兆も無しに訪れた。

というか、それから先も、ぼくにとって人生は不意打ちの連続だったんだけれど――ひらたくいってしまえば、裕子は妊娠したんだということ。

ぼくらの避妊のやり方が拙く、不完全だったことは確かだが、それでもこんなにも容易く一つの生命がこの世に生じるなんて、ちょっと信じられない気持ちだった。豊穣な大地に慈雨のごとき命の水を注いでいながら、その行為の意味をぼくらは殆ど認識していなかったのだ。

計算でいくと、彼女は卒業式に破裂寸前の臨月の腹を抱えてのぞむことになる。それでも何とか卒業証書だけは手にすることが出来るだろうというのが、ぼくらの考えだった。卒業と同時に彼女は働き始め、赤ん坊の面倒は一切ぼくが見る。そして、多少順序は前後するが、ぼくが卒業したらすぐに二人は結婚する。それは可能なことのように思われたし、ぼくらは大真面目で、そのプランを練り上げたのだった。

しかし、妊娠の事実とともに、その計画を互いの両親に告げたとき、ぼくらの考えがいかに箱庭的で狭い視野に囚われていたのかということを思い知らされることになる。ぼくらは自分たち二人の完結した世界の中だけで物事を考えていたので、他の人々との交わりや、社会の枠組みという概念をすっぽりと取り落としてしまっていたのだ。どちらの親も（特に裕子の両親は）子供を産むことには猛反対だった。早いうちに中絶することが最善の道だという。

親たちからその話が出るまで、ぼくら二人の間でその選択肢がとりざたされたことは一度も無かった。ぼくらはその言葉の忌まわしい響きに青ざめ、冷酷な大人たちに徹底抗戦する構えでいた。彼らの武器は社会性だの常識だのモラルだのといった、そうそうたる重火器群だった。そしてぼくらといえば、本能に根差した熱情、非論理的な昂揚といった、徒手空拳かせいぜいが石つぶてのごとき貧弱な武器しか持ち合わせていなかった。それでも二人は民族自決を掲げるバルカン半島辺りの新興国家のように果敢に戦った。

だが、いつだってそういった戦いの中で真の意味での被害者となるのは、非戦闘員である弱者なのだということを、ぼくらは教訓として思い知らされることとなる。

——失われたのは、生まれてくるはずのぼくらの赤ん坊だった。

まだ、安定期に入る前だったたし、後の診断で裕子の子宮そのものにも原因の一端はあると説明されたが、なによりも諍いによる大きなストレスが、赤ん坊を死なせてしまったのだとぼくらは思っていた。

全てが終わったあと、病院のベッドに横たわり、裕子は瞳をうるませながらぼくに言った。

「ごめんね」

「あやまらなくてもいいよ」

ぼくは言った。

「ぼくよりも裕子のほうがもっと辛いんだから。もし、あやまるのなら、それは生まれてくるはずだった赤ちゃんに、ぼくら二人でごめんねと言おうよ――」

ぼくは裕子の手をとった。

「もっとみんなから望まれる形で、この世に送り出してあげることが出来れば良かったんだけれど……」

そうね、と裕子は呟いた。

「ねえ――男の子だったのかしら、女の子だったのかしら、私たちの赤ちゃん」

「多分」とぼくは言った。

「女の子だったような気がする。足が速くて、高く跳ぶことが出来る、裕子によく似た女の子」

多分――そんな気がする。

「いつかまた、この子の生まれ変わりが私たちのもとに訪れるのよね?」

「そうだよ。だから、それまでのほんの少しの間のお別れなんだ」

この時の二人の会話を、ぼくはずいぶん後になって思い出すことになる。

そしてぼくは、二人が予見した未来と、目の前の現実との奇妙な相似性に気付き、目眩にも似たとまどいを感じたのだった。

この出来事は、ずっと先のぼくらの未来にまで冷たい影を落とすことになる。

彼女は新体操をやめ、ぼくもそれと同じころ身体をこわして競技生活から離れていく。親たちはぼくらの付き合いを禁じ、二人は以前にもまして共通の時を持つことに困難を感じていた。二人は別の名前で手紙を取り交わし、親たちの目から隠れるようにして、ささやかな交信を続けていた。

まだ、携帯電話も電子メールも一般的ではなかった時代だ。ハローと言って、答えが返ってくるのは一週間後。状況だけを見れば、ぼくらはまるで、地球と天王星の間で交信するアストロノーツみたいだった。ある意味、書簡だけが唯一の通信手段だった18世紀の恋人たちと、ぼくらはなんら変わりはなかったのだ。

やがて、彼女が短大を卒業し、地元のスポーツクラブに就職すると状況はそれよりも随分とましになった。仕事という大義名分があるおかげで、彼女は夜のかなり遅い時間まで自由に行動することが出来るようになった。

二人は人通りの絶えた夜の本通りを歩き、誰もいない陸上競技場のベンチで言葉を交わし合った。

ぼくは、この時期ひどく身体をこわして、地を這うような生活を送っていたので、彼女と過ごす時間だけが唯一の救いでもあった。

そうやって2年の年月が過ぎ、ぼくは大学を卒業した。

初めから決めていたとおり、ぼくは教師にはならず、隣町にある小さな司法書士事務所に就職した。

ぼくらは19の時交わしあった約束の通り、これを機会に結婚することにした。赤ん坊はいなくなってしまったけれど、彼女（彼？）が再び生まれ来る日のための場所をちゃんとつくっておきたかったのだ。

ぼくらが結婚すると告げたときの彼女の両親の激昂は凄まじいものがあった。隠れていまだに付き合っていたことを厳しい口調で詰めり、ぼくを最低の人間だと断言した。ぼくの親たちは心情的には二人の結婚を受け入れたいという向きはあったのだろうが、彼女の両親への気兼ねからか、それを口にすることはなかった。

もちろん、もろてを挙げて祝福されるとは思ってはいなかったけれど、これほどまでにはっきりと二人の結婚を否定されるともぼくらは思っていなかった。彼らの子供として傷つき、しかし結局、最後には生まれ来る自分たちの子供のために、ぼくらは自立する決心をしたのだった。

ぼくと裕子は二人の職場の中間地点に2LDKのアパートを借りた。

そして、ささやかな荷物を運び込んだその夜、小さな折り畳みのテーブルの上で、婚姻届に二人で署名し、ぼくらは夫婦となったのだった。

3

「ねえ、最近私痩せたと思わない?」

裕子が言った。

ぼくはあらためてテーブル越しに彼女の顔を見た。

「どうかな?」

小さくかぶりを振りながらぼくは答えた。

「顔なんかは前よりもふっくらしてきたようにも見えるけど」

「そう?」

「うん」

ぼくは頷くと、再び皿の上のマリネにとりかかった。

店の中は静かだった。ごく控えめに奏でられる「夏の日の恋」が静けさをさらに強調していた。

ぼくらは初めての結婚記念日を祝うために、アパートから10分ほど歩いたところにある国道沿いのイタリアンレストランに来ていた。客はまばらで、アルバイトのウエイターが所在なさげに佇み、ぼんやりと店の入り口を見つめていた。

「体重が減ったとか?」

ぼくは訊いてみた。

「わからない――最近、量ってないから」

彼女はフォークでクレソンをつつきながら答えた。

「でも、この頃どの服を着ても大きく感じるの。スカートなんか緩くて、ちょっと心許ない感じ」

ふむ、とぼくは考えてから、

「また、以前の体形に戻り始めたのかな？」

彼女は競技生活を続けていた頃は40kgそこそこの体重しかなかった。そして、それは妊娠、流産をきっかけに新体操をやめてからも、あまり変わらなかった。だが、結婚した頃から彼女は体重を徐々に増やし始め、現在は45kgほどになっていた。ひとつには、それは彼女の努力に負うところもあった。二人は子供を欲していたし、そのためには彼女はもう少し脂肪を付けて、妊娠に適した身体になる必要があった。

「いっしょうけんめい食べてるのに――」

溜息と共に吐いた言葉の裏には、なのに何故赤ちゃんが出来ないの？　というやるせない問いかけも孕《はら》んでいた。

ぼくらは失われた赤ん坊との再会を心待ちにしていた。何か、ぼくら二人だけでは未だ不完全なような気がしてならなかった。この心の中の虚ろな部分をぼくらの子供がきっと埋めてくれるのだと、二人はそんなふうに考えていた。親たちからは認められず、式さえも挙げてはいなかったが、それでもぼくらは誰にも恥ずることの無いきちんとした夫婦だった。子供は堂々とこの世に産まれ来ればいい。

なのに――

「なかなか努力は報われないものね……」

彼女の言葉にぼくは、

「でも、肌のつやなんか最近すごくいい感じだよ。身体の調子自体はいいんじゃないかな？」

うん、と彼女は頷いた。

「何か、体の中にエネルギーが満ちてくる気分なの。もしかしたら、今こそが、その時なのかなって思ったりもするわ」

「つまりはさ」とぼくは人差し指を立てた。

「赤ん坊のほうが、ぼくらよりも思慮深いって事なのかもしれないね。ちゃんと生まれ出る時期をわきまえているんだよ」

ぼくらは、一緒に暮らし始めたその日から、一切の避妊をせずにセックスをしてきた。

でも、振り返って考えてみれば、もし、あの頃彼女が妊娠してインストラクターの仕事をやめることになっていれば、ぼくらの生活はいきなり貧苦の色に染められていたことだろう。ぼくは事務所ではまだ見習い扱いで、ほんの申し訳程度の給料しかもらえず、生活費の大半を彼女の収入に頼っていたのだから。しかし、この春大幅に昇給し、ぼくもやっと人並みの給料をもらえるようになった。僅かながら貯金もできたし、今ならば彼女が仕事を離れてもなんとかやっていける。

「そうね」

裕子が微笑みながら言った。

「何て賢い子なのかしら」

「ぼくらの子供だからね」

「そう?」

「そうさ」

「でも、あっという間の一年だったわ……」

店からの帰り道、国道沿いの歩道をぼくらは歩いていた。こんな遅い時間でも絶え間なく行き交う車であたりは明るい。

「後悔してない?」

ぼくが訊くと、彼女はゆっくりとかぶりを振った。

「――お父さんやお母さんに会いたくはない?」

重ねて訊くと、

「大丈夫よ」

そう言って、彼女は春の柔らかな風に舞う髪を、細い指でかき上げた。

「私はもう大人だもん。あの人たちが私の生き方を認めないというのなら、私もそう考えるあの人たちを認めるわけにはいかないのよ――」

そうじゃないと――と彼女は呟くように続けて、

「生まれてくる赤ちゃんにも申し訳ないでしょ？」

裕子は寂しげに微笑んだ。

「私たちの結婚は間違いだったという、お父さんたちの言葉に負けてしまったら、生まれてくる子供まで否定してしまうような気がして……」

彼女が精一杯、気を張って生きている姿は何処か痛々しく、時折、ぼくは言いようのない焦燥感にかられることがあった。

本当にぼくでいいのだろうか？

彼女にはもっと穏やかに、自然に生きていく道もあったんじゃないだろうか？

そんなことを思うと、ぼくは何かまわりの空気がすっと薄くなってしまったような、そんな息苦しさを覚えるのだった。

その夜、素肌の彼女を抱きしめながらぼくは言った。

「本当だ。少し痩せたみたいだね」

彼女は飲み馴れないワインの余韻の中で、眠たげな眼をぼくに向けた。

「そう思う？」

「うん」

確かに彼女の腰の辺りの曲線が平坦になったような感じがした。

「赤ちゃん——」と彼女が呟いた。

「ちゃんと来てくれるかな？」

ぼくは彼女の滑らかな下腹部に手を添えた。

「大丈夫だよ」

ぼくはくすりと笑いながら、裕子の形の良いへその周りを指でなぞった。

「今頃、この辺りで競争しているんじゃないかな。みんな一等賞めざして」

そうね、と彼女は呟いて、小さなあくびを漏らした。

ぼくは彼女の隣に仰向けになると、薄暗い天井を見上げた。程なく、彼女の規則正しい寝息が聞こえてきた。毛布の下で彼女の胸が微かに上下している。

彼女の乳房が、以前よりもひとまわりほど小さくなったことは、やはり言わないでおこう、とぼくは思った。15の頃の彼女の頑なな後ろ姿を想い、そう、あの頃に比べれば彼女の胸だって随分とふくよかになったのだから、そう自分に言い聞かせて。

4

ぼくは「思い出のグリーングラス」を口ずさみながら、夕食に添えるサラダを盛りつけていた。

ここ数日は一人きりの晩餐が続いている。

裕子はこの春にクラブを退職して、フリーランスのダンスインストラクターになっていた。収入は増えたけれど、その分、以前に比べて随分と遅い時間まで彼女は外に出ているようになった。ひるがえって、ぼくといえば、昨日と今日の区別も付かないような決まり切ったルーティンワークで、よほどイレギュラーな出来事が無い限り、毎日午後の7時には家に帰り着いていた。だから、そんなぼくのために、裕子は昼の間に料理をつくり置いてから、仕事に出掛けるようにしてくれていた。

そして、今夜もまたぼくは一人、裕子が用意してくれた料理で1日の最後の食事にとりかかろうとしていた。

盛りつけたサラダをテーブルに運び、ぼくはグラスにミネラルウォーターを注いだ。

その時、ドアの外から耳慣れた足音が聞こえてきた。とん、とん、とんと階段を昇るそのステップは、何だか靴のCMの効果音に使いたくなるような響きだった。

ほどなくしてドアが開き、「ただいま」という裕子の声が玄関から聞こえてきた。心なしか、いつもより元気がないように感じる。

「早かったね。9時からのクラスがあったんじゃなかったの?」

ぼくが訊くとダイニングに入ってきた裕子は、

「うん、私の勘違いだった。今日は6時からスタッフのミーティングとフィジカルチェックになってたの」

大きなバッグを肩から降ろすと、ふう、と溜息を吐いて椅子に腰を下ろした。

「フィジカルチェック?」

「ええ」

彼女はミネラルウオーターで喉を潤し、やっとくつろいだ表情になった。

「フィットネスクラブっていうのは健康を売る商売でしょ?」

「そうだね」

「だから、スタッフにもそれが求められるのよ。定期的にフィジカルチェックを行って、みんなのヘルスコンシャスネスを高めるのが狙いなの」

ふうん、とぼくは頷き、

「それで? どんなことをチェックするの?」

「まずは身体のあらゆるサイズを測って、前回の測定値と比べるの。ウエストなんかが増えてたりすると査定に響くって噂もあるわ。それから体脂肪率を測って——あとは筋力の最大値とか、酸素摂取能力だとか、そんなもの」

裕子の結果はどうだったのと訊くと、彼女はふいに複雑な表情になった。

「私はもう社員じゃないから本当は必要ないんだけど――」

束の間言い淀んでから彼女は続けた。

「ちょっと気になっていたんで、身体のサイズだけ測ってもらったの」

「うん」

「そしたら前回の測定より、全ての数値が低くなってたの」

「やっぱり痩せたんだ」

彼女はううんとかぶりを振って、

「痩せただけじゃなくて、背まで低くなっちゃったの」

「背が？」

「ええ」

訊いてみると、今日の測定で彼女の身長は159・5cmという数字だったという。3ヶ月前、社員だったときに測った身長が161・5cm。2cm程小さくなっている。これを誤差の内と片づけることが出来るだろうか？

さらにバストは81cmから78cmに、ウエストは57cmから56cm、ヒップも84cmから82cmに、それぞれサイズが小さくなっていた。

「どうしたんだろう？」

裕子は泣き出す直前みたいな奇妙な笑みでぼくを見て、さあと首を振った。

「最近食欲は？」

　ぼくは訊いてみた。

「変わらない。もしかしたら前よりもあるくらい……」

「そう」

　たとえ食欲が落ちていたとしても、背が低くなる理由にはならない。

「ああ、でも──」と、ぼくは宙に浮いた記憶を読み取るように眼を細めた。

「そういえば、人間て痩せる時って足の裏の脂肪や筋肉も細るから、靴のサイズが小さくなったり、背も縮むことがあるって何処かで読んだ気がする」

　不安にかげりの色を落としていた裕子の表情が、一瞬明るくなった。

「じゃあ、それかしら？」

　そうだよ、とぼくは彼女に微笑みかけ、

「仕事のリズムが変わって、その負担がやっぱり身体にあらわれてるんだ。これは、あんまり無理しちゃいけないっていう身体のシグナルなんだよ」

「そうね。少しレッスンのコマ数、減らそうかしら──」

「そのほうがいいかもしれない」

「うん、考えてみる」

　だが、それでも一抹の不安を拭いきれない彼女は、その日から毎日体のサイズを測り、記録を付けてみることにするとぼくに告げたのだった。

それがいいかもしれない。

不安とは、その9割が頭の中で膨らんだ根拠のない妄想だ。はっきりとした数字で裏打ちされた事実さえあれば、そんなもの払拭出来るはずだ、その時のぼくはそう考えたのだった。

5

「高校の頃を思い出すわ」

裕子はそう言って気持ちよさそうに背伸びをした。

「あなたと、私と、そしてジョンと」

ぼくらは木々の隙間から降り注ぐ5月の光の中を歩いていた。

「元気にしてるかな？　彼は」

ぼくが言うと、裕子はくすりと笑って、

「彼ではなく〝彼女〟よ」と訂正した。

「えっ？　だって、ジョンて名前――」

「でも彼女なの」

ジョン、ヨハン、ジョバンニ――日本だったらさしずめ、太郎といったところだろうか。

「私が名付け親なの」

「それは、それは——何とも無責任な名付け親だなあ」

でもね、と裕子は微笑み、

「その前に飼っていた犬も、やっぱりジョンて名前だったの」

「それはオス犬？」

うん、と彼女は頷いた。

「私がまだ小さかった頃に老衰で死んでしまったんだけど、父親が悲しんでいる私を慰めるために、貰ってきてくれたのが今のジョン」

裕子は遠い記憶を探るように、ゆっくりとした口調でぼくに説明した。

「私はまだ幼かったから、その仔犬がきっとジョンの生まれ変わりなんだと思い込んでしまったのね。それで、ジョン、ジョンって当たり前のように呼ぶようになって——それがそのまま彼女の名前になってしまったの」

「生まれ変わるときに性別が入れ替わるなんてこと、あるのかなあ？」

「あるわよ、きっと。だって熊が栗鼠に生まれ変わることだってあるんだから。生まれ変わりに制約は無いのよ」

もし、そうならば——ぼくは、一度くらい何かまるで今の自分とは別のもの——そう、たとえばガラスで出来た砂時計とか、そんなものに生まれ変わってみたい気もする。

じっと、自分の躯の中を流れ落ちる砂の音に耳を澄ましながら、静かに時を刻んでいく人生なんていうのも悪くないかもしれない。

「でも――」

裕子はふと、何かを考え込むように立ち止まり、憂うような眼差しでぼくを見た。

「この世に生まれ出る前に死んでしまった赤ちゃんは、天国に行けないっていうのは本当かしら？」

「そんなことはないさ」

すかさずぼくは言った。

「何で、そんなこと考えたの？」

「うん。だって、天国は生まれ変わる人たちが、自分たちの番が来るのを待つための待合室みたいな場所なんでしょ？」

「そう？」

「ええ。だから、天国に行けない子供は、生まれ変わることも出来ないんじゃないかと思って……」

何故、彼女がこのようなことを言い出したのか、ぼくにははっきりとはわからなかった。ただ、裕子が失われた子供に再び出逢うことを強く望んでいるのだという、その気持ちはぼくにも痛いほどよくわかった。ぼくらは生まれ来ることの無かった二人の赤ん坊を、あの時すでに深く愛し始めていたのだ。

あの子に逢いたい――その手を握り髪に触れたい――

二人の思いは一緒だった。

6

ほどなく、ぼくらは目的の場所にたどり着いた。

そこは高校生だった頃、毎日ぼくらが通った、森の一番深いところにある古びた東屋だった。

昼でも薄暗いこの場所で、ぼくらは光の子のように無邪気に言葉を交わし合い、キスを繰り返したのだった。

裕子は少し湿った匂いのする木のベンチに腰を下ろすと、バッグの中から編み物の道具を取り出した。彼女は何日か前から生まれ来る赤ん坊のために、小さな靴下を編み始めていた。まだ、妊娠の兆しもないのに、とぼくが笑うと、彼女は、

「でも、予感がするの。うまくは説明出来ないんだけど、私の躯の奥深い場所を誰かがノックしているような、そんな感じ」と言った。

日を数えると、多分生まれてくる頃は、未だ寒い季節のはずだからと、彼女はラズベ

リーピンクの毛糸で、ミニーの縫いぐるみにでも似合いそうな、本当にちっちゃな靴下を編んでいた。母性が時に見せる、こういった想像力の豊かさは、男であるぼくを不思議な思いにさせた。

ぼくはコットンの長袖のTシャツとランニングパンツという姿になると、その場でストレッチを始めた。

「でもさ」

ぼくは言った。

「何で、犬の一生って、あんなに短いのかな?」

2代目のジョンもすでに老境に在ることを思うと、ぼくは少しやるせない気持ちになった。

彼女は編み物の手を止めずに、少し考えるような仕種をしてからぼくに言った。

「犬は、人間ほど欲張りじゃないから」

「うん」

「あれもやりたい、これもやりたいって、そんなこと思わずに、ただ自分がこの世に生まれたことを素直に受け止めて、そのことだけで満足して静かに一生を終えていくからじゃないかしら?」

確かに、人間は欲張りだと思う。かくいうぼくだって、時折人生の短さを思って悲しい気分になるときがある。裕子に出逢うまではそんなこと考えはしなかったのだけれど、今は彼女と一緒に過ごせるときが、あと50年とか60年とか、それしかないことを何だかとても残念に思うのだ。きっと、それがたとえ100年とか200年とかだって、同じように感じるのだろうけど。

「それじゃあ、行って来るね」

「うん」

ぼくは裕子を東屋に残し、森の中へ走り出した。

一度は完全に離れてしまった世界だけれど、懐かしさに背中を押されるようにして、ぼくは再び少しずつ走るようになっていた。

10歩も行かないうちに、ぼくはもう高校の頃の自分に戻っていた。あの頃かいだ匂いと柔らかな土の感触、そして綿毛のように舞う光の粒子たち、その全てが懐かしい。ぼくは17歳の春に向かって駆け出していた。

*

時は戻らないというのは真実だ。

でも、人は記憶というものを巧みに使って、あたかも時間を遡ったかのように感じるという、ちょっと気の利いた能力を持っている。そうやって、人は自分が過ごしてきた時間の中を自由に行き来して、薄味の人生にぴりっとした香辛料を振りかけるのだ。老人たちは、殆ど香辛料漬けの日々を送っているといってもいいかもしれない。でも、この時ぼくが感じた感覚はそういった能力とは関係のない、もっと現実的な認識だった。

自然公園の入り組んだ遊歩道は延べで5マイルほどの距離になる。ぼくは40分かけて1周し、再び東屋に戻ってきた。

裕子はいなかった。

ベンチの上には編みかけの靴下が置かれている。束の間思案を巡らし、結局最初に走り出した小径に向かってぼくは歩いた。

梢を渡る風が葉を揺らし、静かな音を奏でる。ぼくは湿った落ち葉を踏み締めながら、さらに奥へ向かった。

やがて、深緑の薄明の中に佇むひとりの少女の姿をぼくはとらえた。奇妙な既視感だった。

繰り返される記憶。

彼女はひだ飾りの付いたミニスカートをはいていた。いわゆるラーラースカートというやつだ。それにコットンのトレーナー。そして、直線的な2本の脚。

何故だか、ぼくは唐突に狂おしいほどの喪失感に襲われた。

裕子が振り向いた。

彼女はいたずらを見つかった子供のように、怒っているような泣いているような、なんとも奇妙な表情でぼくを見た。

ぼくは駆け寄ると、何も言わずにいきなり裕子を抱きしめた。

「悟……」

彼女が驚きと戸惑いに震える声でぼくの名を呼んだ。

「どうしたの？」

「うん」

裕子の背中って、こんなに薄かったっけ？

ぼくは悲しくなって彼女を抱く腕にさらに力を込めた。

「悟？」

「うん。何でもないんだ」

「そう？」

「うん」

裕子はぼくをいろんな呼び方で呼ぶ。

「悟」「井上くん」「あなた」

彼女は無意識のうちに使い分けてるみたいだけど、ぼくはそれがどんな感情と結びついているのだろうかと、いつも考える。結局、そこに法則を見いだすのは難しいと、ぼくは考えることをやめてしまうのだけれど、この時裕子が漏らした「悟」という言葉は、もしかしたら彼女の涙と同じくらい悲しい感情と結びついていたのかもしれない。

「あそこで何をしてたの？」

帰りの道すがら、ぼくは裕子に訊いてみた。

「うん——何だか、一人で待ってたら、急に不安になって——」

それで、と彼女は小声になり、

「悟のこと探して、ずっと歩いてたの」

そう、消え入りそうな声で続けた。

「子供みたいだなあ」

「悟はどうして？」

「うん？」

「私のことを抱きしめたりしたの？」

どうしてだろう？

何故、あの時ぼくは彼女を失うと予感したのだろう？

「よくわからないよ」

ぼくは言った。

「裕子を見た瞬間、初めてあの森で出逢ったときの記憶が甦って――」

そして、ぼくは透明な法則に導かれて、あの予感に辿り着いたのだ。だが、その道のりを見定めることは出来ない。

「やっぱり、よくわからない」

「変な人ね」

裕子はそれでも、何だか嬉しそうににこやかに笑っていた。

7

裕子が自分の身を抱くようにしてぼくを睨んでいる。

下着姿の彼女は寒さに白い肌を粟立たせていた。

外では6月の冷たい雨が細い銀の糸のように降り注いでいる。

「早く、お願いだから」

ぼくは腕組みをして、じっと彼女を見つめた。

「悪趣味よ、そういうのって」

「いや、純然たる観察行為だよ。他意はない」

そう言いながら、ぼくは腕組みをほどいて、彼女に歩み寄った。

「見た感じは変わりはないんだけど――」

ぼくは、まず裕子の腰回りから測り始めた。毎日の習慣なので手際に澱みはない。

ぼくの読み上げた数字をノートに書き込んでいた裕子が顔を曇らせた。

「やっぱり、減っている」

「そう？」

ぼくは彼女からノートを受け取った。

「毎日増減はあるけど、一ヶ月前と比べるとはっきりとサイズが小さくなっているのがわかるわ」

「確かにそうだね」

彼女はデニムのジーンズを引き上げると、足下のシャツを拾い上げた。

「今度は身長をお願い」

彼女はキッチンに移ると、食器棚を背にして立った。アパートゆえ、壁や柱に傷を付けるわけにもいかず、ぼくらは食器棚の横板にマーカーで印を付けるようにして身長を記録していた。

「157・2㎝だね」

ぼくの言葉に裕子が重い溜息を吐いた。

「これじゃあ、18の時の身長と同じだわ……」

何気ない言葉だったが、それはぼくの中で混沌と渦巻いていた思いと見事に呼応した。

「そうだ、その頃のサイズがわかるものって、何かあるかな？」

裕子は少しの間考えるように宙を見つめていたが、

「あると思う。新体操をやってたときの練習日誌に多分書き残していたような気がする」

そう言って、奥の部屋に引込んだ。

しばらくして、彼女は数冊のノートを手にして戻ってきた。

「ここに――」

そう言って彼女はノートを開き、一枚のページをぼくに示した。

「18歳の9月の記録があるんだけど――」

「まさしく、157.2㎝だね」

「ええ」

「他のサイズは？」

「気味が悪いくらい一緒なの」

確かに全てのサイズが数㎜の違いはあるものの、見事に一致していた。

やっぱり、とぼくは心の中で呟いた。

――あの時感じた既視感――


「つまり――裕子は今、18の頃の自分に戻ってしまったということだよね」

彼女は自分の知らない言葉を聞いた人間みたいに、曖昧な表情でぼくを見た。

「だから、たんに背が低くなったとか、身体が痩せたとか、そういうことじゃなくて、裕子は今、成長の逆の過程を辿っているんだ――」

「私、若返ったの？」

「そういうことだと思う」

ぼくは彼女の手を引いてクローゼットの前まで連れていった。

「見てごらん。身体は細くなったのに、顔は前よりふっくらしている。これは高校の頃の裕子の顔だよ」

女性は10代の終わり頃から少女の名残を脱ぎ捨てるように、その面立ちを変えていく。頬のふくらみが消え、あごの線が鋭角的になっていく。裕子も他の少女たちと同じ道を辿りながら、大人の女性の顔立ちになっていったのだ。だが、今鏡の中にあるのは、大人でもなく少女でもない、名前のない季節の中にいるひとりの女性の姿だった。

彼女は5年ぶりに再会した双子の妹を見るような、奇妙に熱のこもった眼差しで鏡を見つめていた。

「そう、これは確かに18の時の私かもしれない」

裕子は神託を告げる司祭のように、ひどく重々しい口調でそう言った。

「でも──何故？」

そう訊かれても、ぼくは明確な答えなど持ち合わせてはいなかった。

それでもぼくは知識の棚の奥からなんとか言葉を見つけだし、それを口にしてみた。

「多分──」

「それは、ホルモンの関係だと思う」

「ホルモン？」

「うん。成長ホルモンの負の効用というのかな──」

もちろん、口から出任せだったが、ぼくは何とか彼女の身に起こったことを現実的に解釈したかったのだ。

でも、この時、多分二人は既に真実の輪郭を、その手で感じ取っていたのかもしれない。つまり、この出来事が、病理学的分野に属するというより、神話的世界の範疇に在るのだということを。それは肉体の謎ではなく、時間の謎に関係する何かだった。

それでもぼくは現実世界のしっぽにしがみつくように、これが疾病の一種であるという説にこだわった。そしていやがる裕子を説き伏せて、数日中に一緒に病院に行くという約束を取りつけたのだった。

「その前に」と裕子が言った。

「今日、一緒に行って欲しいところがあるの」

「いいよ。何処に行くの？」

「買い物よ」

ふむ、とぼくは頷いた。

「何を買うの？」

裕子は少しためらった後、

「ブラジャーが欲しいの」と小さな声で言った。

「今、持っているのはどれも大きすぎて、すごく落ち着かないの」

ぼくは広すぎる部屋で、所在なさげに俯いている裕子のささやかな乳房を思い浮かべた。

「それはきっと随分と居心地の悪いことなんだろうね？」

「そう、男の人にはわかりづらいでしょうけど」

そういうことで、ぼくらは町外れにあるショッピングセンターに行き、新しいブラジャーを2枚と、7号サイズのスカートを購入したのだった。

その週の金曜日、ぼくらは電車に乗って隣町にある総合病院に出掛けた。

駅から病院に向かう道の両側には、大きなポプラの木が巨人の衛兵のように連なり、歩道に濃い影を落としていた。

並んで歩く裕子の頭の頂を見下ろしながら、以前と比べて明らかに彼女の背が低くなっているという事実に、ぼくはちょっとショックを受けていた。

黒い髪のわけめからのぞく青白い地肌。

以前はその色に気付くこともなかった。

「裕子は18を過ぎてからも背が伸びていたんだ?」

「そうね。私すごい奥手だったから——大学卒業してからも、まだ少しずつ伸びていたぐらいだから」

そう、確かに彼女は奥手な少女だった。15の春になってさえも、まだ彼女はその年頃にあるべきはずの何かが欠け、場違いな部屋に迷い込んだ子供のように見えていたのだから。

「高校に入学した頃はどれくらいだった?」

「152か3しかなかったんじゃないかしら」

ぼくは記憶の箱からその頃の裕子の姿を取りだしてみる。だが、彼女はいつもぼくに背を向け、椅子に腰掛けているので、その背がどれくらいだったのかを思い浮かべるのはひどく難しい。

「そんなに小さかったっけ?」

「ええ、そうよ」

「なんだか不思議な感じだなあ……」

「井上君は、もうその頃から今と同じ身長だったんでしょ？」

「そうだね。中学を卒業した頃に177になって、それからずっとそのままだよ。裕子と違って早熟なたちなんだ」

「そう――だとすると、出会った頃は25㎝も身長差があったのね。――きっと、キスをするのに苦労したでしょうね」

「――多分――。でも、ちょっと想像出来ないな」

「何が？」

「15のぼくたちがキスをしている姿」

「うん、そうね――けど――何だが、とっても損をした気分」

「損？」

「だって、私たちが初めてキスをしたのは18の時でしょ？　でも、きっと15には15の時にしか出来ないキスがあったはずだもの」

ぼくは15のキスというものをちょっと想像してみた。

それは確かに18のキスとは何処か違い、痛々しいぐらいにぎこちなく、そして精一杯の真剣さに満ちていた。

「そうだね。せっかく出逢っていたんだから、一回ぐらいキスしておけばよかったな」

15の裕子とのキス。

それはぼくを不思議な力で魅了した。

8

病院に着くと、まずぼくらは受付で、どこの科に診てもらうかを決めなければならなかった。

ホテルのロビーみたいにぴかぴかに磨き上げられた新建材の床や壁は、そこが病院であることをぼくらに忘れさせる効果があった。

〝ここは死や病とは無縁な場所なのです〟

合皮革のソファーに腰を下ろし、二人は受付カウンターの上に表示されている幾つものパネルを眺めた。消化器科、形成外科、呼吸器科、産婦人科、循環器科、神経科、麻酔科、第一内科、第二内科、第三内科――

消去法で関係の無さそうなものから消していき、最後に残ったのが産婦人科と内科だった。ホルモンと言えば、それは何かしら婦人科系の疾病を思わせたし、内科は、そういったものを含めて、人間の体の中で起こる化学反応の全てを扱う分野のように感じられた。

「どうする？」

「うん」

「まあ、無難なのは内科だろうけど」

「じゃあ、そうしましょう」

裕子は硬い表情で正面を見据えたまま頷いた。

ぼくは受付を済ますと、打ち出された番号札を持って再び裕子のもとに戻った。

「215番だ」

ぼくは裕子に札を見せた。

「それは、つまり今日、この時間までに内科の受付を済ませた人数を示しているの？」

「そうだと思うよ」

「すごい数ね」

「ああ」とぼくは頷いた。

「世の中は病に満ちている」

「そう？」

「そう。病は人の数よりも多いんだから」

「そんなことって、あるのかしら？」

「あるよ――つまり、結膜炎を患いながら、同時に中耳炎に苦しんでる人もいるってこ
とさ」

「それは——何だか、とても辛そうね」

「だろうね」

そうは言ったものの、確かに診察を待つ人間の数はうんざりするほど多かった。バスケットが出来そうなくらい待合室は広かったが、そこに並ぶ長椅子は身体に何らかの不具合を抱えた人々で全て埋まっていた。

一時間ほど過ぎたところで、ぼくは隣に座る裕子に囁いた。

「何だか、ここにいると旧体制の頃のロシアを思い浮かべてしまうな」

「どうして？」

「ロシア人って食べるものや着るものを得るために、長い長い行列を作るよね。そして、自分の順番が来るのを辛抱強く待ち続けてる」

「そう？」

「ああ。計ってみたら平均的なロシア人は人生の半分近くを〝待つこと〟に費やしていたっていう話だよ」

「それは何かのジョーク？」

「いや、真実さ」

暫くしてから裕子が言った。

「でも、私たちだって似たようなものだわ」

「どういうこと？」

「私たちだって、人生の多くの時間を何かを待つことに費やしているんじゃないかしら」

「たとえば生まれてくるはずの赤ん坊とか？」

「ええ、そうね、そう」

更に10分が過ぎた。

電光で表示されるナンバーは、ぼくらがようやく中間地点を過ぎたことを示していた。

「ボルシェビキ――」

「えっ、何？」

「いや、ボルシェビキって何のことだっけ？　ロシアの話をしたら、さっきから頭に浮かんで離れないんだよ」

「さあ――政党の名前かなんかじゃなかったかしら？　レーニンとか10月革命とか、その頃の話よ、確か」

ふむ。

「私たち世界史はフランス革命までしかやらなかったでしょ？　その後のことはうろ覚えだわ」

「そうだ。あの世界史の先生――いつも話が脱線して、授業がいつの間にか中世文学概論になっちゃうおじいさん。何て名前だったっけ?」

裕子が愉快そうに微笑みながら、

「私は憶えているけど、教えない。思い出してみて」

「そんな……」

「あなたのためよ。今のうちから健忘症にはなりたくないでしょ?」

ぼくは唸りながら、冷蔵庫の下に入り込んだボタンを手探りで探すようなもどかしさで記憶を辿った。

「――うん。確か何かの病気の名前と関係してるんだ」

裕子は、ぼくの言葉に一瞬不思議そうな顔をした。そして、しばらく考えてから、その意味に気付き、目を細め鼻にしわを寄せた。

「確かにそうだけど、それはあまり品のいい連想とは言えないわね。先生が可哀相だわ」

「そうなの?」

「ええ」

ぼくは再び記憶を辿ろうと宙を見据えた。

「――そう、何かの感染症だったような気がする。何だろう? クラスのみんながよく笑い話にしてたんだ」

そして、次の瞬間、唐突にその名前は甦った。

「倉宮だ。倉宮先生」

「そうよ」

クラスの連中は、この初老の教師の名前とクラミジア感染症との相似性に気付き、よくそれをネタに冗談を言い合っていた。

『クラミヤがクラミジアだってさ』

確かに品がないし、ネタにされる本人が可哀相だ。

ぼくは性病との連想でしか、その名前を思い出してもらえない男の人生というものを、少しの間考えた。

そして、裕子に言った。

「そう、幾つかの欠点はある人だったけど（19世紀の壁を越えられなかった彼の世界史）、それでもいい人だったと思うよ、あの先生は」

「私もそう思うわ」

9

2時間35分待ち続け、ようやく電光掲示板が215に変わった。

「どうする？　ぼくも一緒に行こうか？」

「ううん、大丈夫よ。私一人で行って来る」

「ちゃんと説明出来る？」

「ええ」

裕子は椅子から立ち上がると、第一内科の表示がある部屋に入っていった。

残されたぼくは、長椅子の隣に置かれたマガジンラックから一冊の雑誌を取りだした。

それは随分と古びた『リーダーズ・ダイジェスト』だった。ぼくはその中に書かれた、親とはぐれた皇帝ペンギンの雛の話を読むことにした。

だが、数ページも読み進まないうちに、裕子が戻ってきた。

「ずいぶん早いね。もう終わったの？」

裕子はかぶりを振り、

「これから検査。尿を採って、それから採血室で血を採って、その後レントゲン室で骨の写真を撮るの」

「先生は何て？」

「ううん、何だかいろいろ言われたけど、良くわからないの。甲状腺がどうだとか、脳下垂体とＳＨＴがどうしたんだとか――」

「結局は検査の結果待ちってことなんだろうな」

「そうね――じゃあ、行って来るわ」

「うん」

裕子は手に持った紙コップをひらひらさせて、にっこりと微笑むとレストルームに消えていった。

というわけで、結局この日は何の結論を得ることも出来ず、全ては検査の結果が出る翌週の金曜に持ち越されることになった。

10

「検査の結果は全て陰性でした」

医者は、ぼくの顔を見てにっこり微笑んだ。

「奥さんの身体に異常はありません」

その医者はひじょうに端正な顔立ちをしていた。そのために、何だか本物の医者に見えないで、ぼくは好感度1位の俳優が巧みな演技をしているんだという印象をどうしても拭うことが出来ずにいた。したがって、彼の口から出る言葉も、どこか科白めいて嘘くさく聞こえた。

「体のサイズが小さくなられたということですが――」

ここで医者は視線を裕子に移し、

「無理なダイエットなど、なさってはいませんか？」

裕子は無表情のまま2、3度小さくかぶりを振った。

「してません」

「そう」

医者は大きく頷いた。

「それでは、最近、生活環境が変わったようなことは？」

「この春から仕事の量は増えてます」

「ご職業は確か――」

「ダンスのインストラクターです」

「そう、そうでした」

医者はカルテに何か書き込み、再びぼくらに向き直ると、右の手の平を上に向け、何かを持ち上げるような仕種をした。

ハリウッド的身振り。

「つまりは、そういうことです。摂取カロリーと消費カロリーの数式で説明出来る。病気ではありません」

「でも先生」とぼくは言った。

「彼女の場合、身長も縮んじゃってるんですよ」

「それには様々な説明が出来ると思います」

医者は左手の中指をこめかみに当て、微かに首を傾けた。

「身長には日変化というものがあります。朝と夕では数値が変わりますし、加齢や無理な運動によって脊柱の椎骨と椎骨の間が詰まってくることもある。女性だったら、髪をアップにするか、下ろしているかによったって随分と違ってくるでしょう？」

彼の言葉は充分予測されたことだし、結局ぼくらは最初から何も期待していなかったのだ。

「わかりました」

ぼくは裕子を促し立ち上がった。

「気になるようでしたら」

医者はデスクトレイから一枚の用紙を手に取り、ぼくに差し出した。

「この表に毎日測定した数値を書き込んで、一ヶ月後にまた来て下さい」

ぼくは受け取ると、それを折り畳んで胸ポケットにしまった。

「わかりました。そうします」

何だか、ここで握手でもしそうな感じがしたが、勿論そんなことはないまま、ぼくらは部屋の外に出た。

「何だか説得力の無い医者だったなあ」

ぼくが言うと、裕子がくすりと笑って、

「私、何だかポテトチップスを食べながら、部屋でビデオを見ているような気分になっちゃったわ」

「そうだね、そんな感じ。二枚目すぎるというのも一種の職業的障害になりうるんだなあ……」

でも――と裕子は言って、

「あるタイプの女性には、逆に大きな効用となるんじゃないかしら」

「そう？」

「ええ」

「裕子も？」

彼女は、わかるでしょ？　という顔でぼくを見た。

「だから、そういう女性は、私とは対極のエリアにいる人たちなのよ」

そして、私の嗜好はごく少数派に属するの、と付け加えた。

「ごく少数派の嗜好の対象に選ばれたのが、ぼくっていうわけか――」

「あなたは独特だから」

彼女はそう言いながら歩道の小石を蹴飛ばした。

裕子のいつも歩くときの癖だ。だから、彼女のパンプスのつま先は、どれもみなささくれ立っている。

「でも高校の時、井上君のこと好きだっていうこ、結構いたのよ」

それは意外な事実だったので、ぼくは少し驚いた。

「ちょっと信じられないなあ。告白されたことも一度もないし」

「控えめなこが多かったから──心の中にある自分の想いを育てていくことで精一杯なのよ。そこから先は神様の気まぐれに頼るしかないの」

「でも、そういうこが恋を成就するというのは、とても難しいことなんじゃないかな？」

「そうね、そうかもしれない。結ばれる恋の何倍もの片思いで世の中は一杯なのね」

「そう──世の中は片思いに満ちている」

そして、とぼくは続けた。

「妥協や打算で結ばれる男と女の数は、それよりも遥かに多い」

「そうなの？」

「わかんないよ。数えたわけじゃないから。言ってみただけさ」

なーんだ、と裕子は呟き、小石を一つ蹴飛ばした。

11

夏も盛りを過ぎた頃、裕子はもうすでに大人の女性ではなくなっていた。

身長は１５４cmになり、胸はさらに薄く、腰は少年のように細くなっていた。

顔は──そう、これが一番不思議な変化だったのだけれど、まさしく、裕子の顔は16

歳の少女の面立ちに舞い戻っていた。高校2年の秋、修学旅行のスナップ写真の中で微笑む裕子と、今ぼくの目の前で小石を蹴飛ばしている裕子の間にある時の隔たりは、ほんの3日とか4日とか、そんな程度のものでしかないように思えるのだった。もはや裕子が23歳の成人女性であるという事実は、その内面の窓である言葉や素振りからでしか、伺い知ることが出来なくなっていた。

「今日、チーフに呼ばれて言われたの」

ぼくらは涼をとるため、アパートの裏手にある用水路の土手を歩いていた。数匹の螢が、安物の電飾のように、ちっぽけな灯りを弱々しく明滅させていた。

「何て?」

彼女に蹴飛ばされた小石が街灯の光の外に消えていくのを、ぼくはじっと見つめていた。

「うん。何か最近ずいぶんと痩せて印象が変わったみたいだけど、身体の方は大丈夫なのか、って訊かれた」

〝印象が変わった〟という言葉は、実際の裕子の変化を目の当たりにした人間としては、かなり控えめな表現だと思う。適切な言葉を選ぶならば、〝まるで別人のようになった〟と言うべきだろう。

「今、急に休まれたりすると代行のインストラクターを探すのがとても大変なの。だから、チーフもクラスに穴が開いちゃうのを心配してるみたい」

それで？ とぼくは彼女に訊いた。

「チーフには何て答えたの？」

「一応、『大丈夫です、ちょっと生活のリズムが変わって痩せただけですから』って答えたんだけど――」

でも、と裕子は続けて、

「もう限界みたい……」

それは、何かしら一つの転機を告げる、彼女の大きな溜息のように聞こえた。

「限界？」

裕子は無言で頷き、

「スタッフや会員のひとたちは、みんな私の背がこんなに低くなったことを凄く不思議に思ってるみたい」

「まあ、７㎝も縮んじゃったんだから、誰もが奇妙に思うだろうね」

「そうね。何て言うのかしら、みんなの視線をいつも感じるの。私がその場にいるだけで、空気が固まっちゃうのよ」

透明な水にカタクリの粉を流し込むように、澱みのない空間に疑念や好奇の意識が注がれてゆく――

「多分、これから先、もっとみんなを混乱させてしまうし、私自身もきっと辛くなっていくだろうから——」

「そう？」

「うん。だから、この変化が治まるまで、しばらくの間、仕事を休ませてもらおうかと思って」

——しばらくのあいだ——それは、いつまでのことなのだろう？

ぼくは、これまでずっと心の中で問い続けてきた言葉を、今また思い起こした。

〝何故〟そして〝何処へ〟

裕子は、どうしてこんなふうになってしまったんだろう？

彼女は一体、どうなってしまうんだろう？

「もしかしたら」

裕子が言った。

「もう、この仕事に戻れる日なんて来ないのかも知れないけど——」

そんなことないよ、とぼくは言いたかった。けれど、ぼくは思っていないことを口に出来る人間では無かったから、ただ黙ったまま、自分の足下を見つめていた。

「何で――こんなふうになっちゃったんだろう……」

それは、ドライブの日の雨を嘆くような口調だったけれど、裕子が今までずっと気丈に抑え続けてきた嘆息の欠片が零れ出た瞬間だった。

ぼくは裕子の苦しみを思い、それ故に愛おしさをいっそう募らせた。

「理由はわからないけど」

ぼくは自分の言葉が真実となることを願いながら言った。

「いくらなんでも、こんな奇妙なことがいつまでも続くわけ、無いと思う」

「そうかしら?」

「うん。そう遠くないうちに、この若返り現象も治まっていくんじゃないかな」

そうね、そうだといいけど、と裕子が呟いた。彼女は再び道端の小石をこつんと蹴飛ばした。石は用水路に飛び込み、ぽちゃんと小さな音を立てた。

「もしも」

裕子が言った。

「もしも、このまま、この状態がいつまでも続いていくとしたら、私どうなっちゃうのかな?」

それはとても意地の悪い質問のように感じられた。彼女は本当にその答えをぼくの口から言わせたいと思っているのだろうか？　ぼくは答えたくないし、そんな結末、考えたくもなかった。

「わたし――10歳になって、5歳になって――そして、赤ちゃんになって、それから――」

ぼくは彼女の言葉が聞こえないふりをして、そのまま歩いていこうとした。だが、ふと気付くと、裕子はぼくのシャツの裾をしっかりと握りしめ、そして俯き身体を震わせていた。

「いかないで……」

ぼくは、ゆっくりと振り向き、震えている彼女の細い腕をとった。

彼女は握りしめていたシャツを放し、ぼくの胸に身を預けた。

「たとえ――一番悪い結末が待っているとしても、最期まで見届けて。お願いだから」

ぼくは身を屈め、自分の額を彼女の額に合わせた。

そう――目を逸らすわけにはいかないんだ。

何故なら、これは他の誰でもない、ぼくの裕子の身に起きたことなのだから。

ぼくは言った。

「もう、医者に診てもらうつもりはないんだね？」

裕子が頷くのを、ぼくは自分の額で感じた。

「わかった。じゃあ、ぼくがひとりでずっと見守っていくよ。たとえ、どんな結末が待っているとしても」

彼女の涙がぼくの頬を伝い、流れ落ちていった。

「だって、なんといっても、きみはぼくの奥さんなんだから——」

ありがとう、と裕子が小さく呟いた。

12

9月になり、空がますます、高く透明になっていく頃、裕子は3年間続けてきたインストラクターの職を退いた。それは例えば、ブラジャーのサイズが一つ小さくなったとか、蛍光灯の紐に手が届かなくなったとか、そういったこととは違って、もっと裕子の根元的なこと、彼女の世界が一回り小さく縮んでしまうような、そんな意味深い出来事の一つだった。

本来なら、彼女はもっと落ち込んでしまってもおかしくはなかったはずだ。だって、彼女は本当にあの仕事が好きだったから。

踊ること。その楽しさを人々に伝えていくこと。

しかし、彼女は少なくとも外見上は、今までと変わりなく振る舞い続けていた。外に出て働く代わりに、家の中に仕事を見いだし、それに自らの空白を割り当てていった。

その結果、

時間と手間だけが味を引き立てる、ひどく手の込んだ料理に凝って、毎日のように重厚長大なディナーが続くようになった。瞬く間に、ぼくの体重は2kgも増えたが、しかし、裕子自身には何ら効果をもたらすことはなかったようだ。また、次々と手持ちのワードローブが着られなくなっていくことにより、裕子には新しい服が必要となっていたが、その殆どを自分で仕立てることで彼女は我が家のつましい家計に大きく貢献した。これは時間と金銭がある意味に於いて等価であるということを証明する、一つの適例でもあった。

——金がないなら時間を使え——

あるいは、

——時間がないなら金で解決しろ——

まあ、そういったことだと思う。

裕子は相変わらず、生まれ来るはずの赤ん坊のための準備も続けていた。すでに、完成した手編みの靴下は3足になり、今は、レモンイエローの毛糸を使い、ロンパースにとりかかっていた。

しかしこの頃から、ぼくは一つの危惧を胸のうちに抱くようになる。

すでに、裕子は身長150cmそこそこ、そして体重は40kgを下回るほど小さく、幼くなっていた。中学3年のときと同じサイズだ。

裕子は家の中にいるときはいつも、家事の邪魔にならないように、長い髪を三つ編みにしていたが、その姿はやはりどう見ても、妙に大人びた仕種をする中学生にしか見えなかった。つまり、ぼくの危惧とは、こんな状態の裕子に子供を産むことが可能なのだろうか、ということだった。遠からず、この逆行現象が終わるとしても、その時点で裕子が妊娠、出産することは母胎に大きな負担を与えることになるのではないか?

ある時、ぼくは裕子にこのことを言ってみた。

セックスの後のまどろみの中で、裕子は気怠そうに答えた。

「心配しないで。少なくとも今はまだ大丈夫。何となく自分でわかるのよ。その時が来たら、ちゃんとあなたに教えるから」

ぼくは裕子の薄い胸に手を添えた。その未成熟なふくらみは、ぼくに罪の意識のようなものを感じさせた。

「本当は」

ぼくは言った。

「こうやって裕子を抱くこと自体、いけないことなのかもしれない」

彼女は身体をふるわせて、くすりと笑った。（しかし、ふたつの乳房はにこりともしなかったけど）

「私たちは夫婦でしょ？　そんなこと考えないで。それに、私は悟とこうしている時間が大好きなの。私の喜びをうばったりしないで」

ぼくは裕子の汗ばんだ額にキスをした。

「わかったよ」

でも、いつかは、とぼくは思った。彼女の肉体に負担になる日が来たら、この行為を終わらせなくてはならないのだろう。しかも、それはそう遠くない日のような気がする。

「気が付いてた？」

ぼくは手を伸ばして、彼女の下腹部に触れた。柔らかな性毛が、ぼくの指に絡んだ。

「薄くなったよね、ずいぶん――産毛みたいだ」

裕子は上を向いたまま頷いた。

「なんだか、とても不思議な気分よ。私は紛れもなく、23歳の大人の女なのに、胸はコスメティックのパフぐらいの大きさしかないし、おへその下にはタンポポの綿毛みたいなのが、フワフワと生えているだけだし……」

裕子は鼠径部を探索するぼくの指に自分の手を添えた。

「私は一体何者なんだろう、って考えちゃう。私は大人なのかしら、子供なのかしら？」

溜息とともに、彼女の滑らかな下腹が上下した。

「それは——、そう、とにかく裕子は裕子だよ。それでいいんじゃないかな?」

もちろん、それで良いはずはなかったけれど、彼女は素直に頷いた。

「そうね、悟がそう言うのなら——」

13

違和感というのは、常につきまとっていた。

だって、やっと馴れたと思う頃には、裕子はさらに若く、小さくなっていってしまうのだから。

すでに、この頃の彼女は、ぼくにとって未知の領域だった。初めて出逢った頃よりも、そのまた向こう側にいる彼女。しかし、それは新しい発見の日々でもあった。

たとえば、彼女の髪の色が徐々に琥珀色に変わっていったこと。肌も青みがかかった象牙色になり、彼女はどことなくスカンジナビア人のようにも見えた。

訊くと、幼い頃はその髪と肌の色のせいでずいぶんと、まわりの子供たちからいじめられたそうだ。

おそろしく華奢な体つきをした琥珀色の髪の少女が、エプロン姿でキッチンに立っているのを見るのは、何とも奇妙な気分だった。すごく不自然だったし、それはどことなく、教育テレビの子供向け料理番組を見ているような気分にぼくをさせた。

当然、様々な問題も生じてきた。

その中でもアパートの住人たちに気付かれないようにすることは、最重要事項の一つだった。幸い、隣人たちの多くが一人暮らしの独身男性だったから、昼間の時間帯彼らと出会う確率はとても低かった。ぼくの部屋に中学生ぐらいの少女が出入りしているなんて風聞がたったら非常にやっかいだ。へたをすると、大家から追い出しを喰らいかねない。

食材や日用品も近所の小売店でなく、駅前のショッピングセンターで購入するようにした。値段は高くなったが、主婦たちの好奇の目から逃れるためには仕方のない出費だった。それでも昼間はあまり外に出ないように心がけた。中学生にしか見えない裕子が、授業をしているはずの時間帯に町中を歩き回るのは、それだけで充分、人の目を引いたからだ。

彼女は夕刻、学生たちが街にあふれ出す頃になると、彼らに紛れるようにして手早く買い物を済ませ、誰の目にも付かないように気を配りながら、再びアパートにそっと舞い戻るのだった。

木は森の中へ、というわけだ。

14

やがて秋も深まり、駅前通りのポプラ並木も黄色く色づいた葉を落とし始めた。春と夏の記憶をしたためた落ち葉が、歩道を埋めていく。

この頃から裕子の言動に微かではあるが、変化が現れてきた。

当たり前と言えば当たり前の話なのだが、肉体が若返るということは、それにともなって脳の組織も若返るということだ。精神と肉体は別物だなどという二元論はアルカイックな幻想だ。現実にはこの二つは2匹の蛇のように有機的に絡み合っている。

最初、何となく気付いたのは、彼女がぼくのことを「あなた」と呼ばなくなったということ。

前にも言ったかもしれないが、その時の気分によって、裕子はぼくの呼び方をいろんなふうに変える。「あなた」というのは、今から考えてみれば、裕子がぼくの妻であるということを、無意識のうちに自覚したときに使っていた呼び名だったのかもしれない。もちろん、ぼくらは夫婦なのだけれど、それとともに恋人同士であり、兄妹であり、クラスメイトでもあった。その比重が、少しずつではあるけれど、どこかに向かって傾き始めている。

彼女はぼくに依存している。

そういうふうに感じる瞬間が増えたような気もする。

自分の欲求を抑えようとせず、何かと注文が増えたようにも感じる。別にそれはそれで構わないんだけれど、彼女が変わってしまうことを、ぼくは恐れる。

15

ある日彼女がぼくに言った。

「悟?」

「うん?」

「お願いがあるんだけど」

ぼくらはベッドの上で一枚のブランケットにくるまって、TVの料理番組を見ていた。

「なんでしょう、おじょうさん?」

裕子がぼくの耳たぶを強く引っ張った。

「わかったよ、わかった。それで?」

彼女はこう呼ばれるのが嫌いなのだ。

「うん」

裕子はそこで束の間言い淀んだ。

「何？」

「――もし、悟が嫌でなければなんだけど」

「うん？」

「まだ間に合ううちに――」

そこまで聞いて、ぼくはすぐに気付いた。

そう、ぼくらはまだ大事なことをひとつ、取り残していたのだ。

「結婚式だね？」

ぼくが訊くと、彼女はこっくりと頷いた。

「ウエディングドレスが不自然にならないうちに――ちゃんと、永遠の誓いを交わしておきたいの」

それが単なる儀礼に過ぎないと、言い捨ててしまうことは容易い。でも、きっとそれだけじゃないはずだ。彼女は自分が存在していたこと、そしてぼくら二人が夫婦として強く結ばれていたこと、そういったことを記憶の刻印として自分たちの心に、しっかりと刻んでおきたいんだと思う。（もちろん、女の子の永遠の憧れであるウエディングドレスを着てみたいという、そういう動機も充分に感じ取れたけど）

ぼくは言った。

「それはぼくもずっと考えていた。全然嫌なんかじゃないし、とても意義深いことだと思うよ」

「ほんとう⁉」

もちろん、とぼくは頷いた。

「うれしいわ、ありがとう悟」

そして彼女は、大好きよと言ってぼくの唇にキスをした。

まただ、とぼくは思った。

また、裕子らしくない仕種。

でも、「うれしい」も「ありがとう」もOK。

「大好き」は彼女らしくない。それにキスも。

それだけ嬉しかったのだと解釈することも出来るけど、やっぱり彼女は変わり始めてるんだと思う。少しずつ大人の抑制を失い、奔放な少女時代の彼女に戻ろうとしている。

ぼくは無邪気に喜ぶ彼女を見つめながら、おろしたての靴に足を入れたときのような、どことなくよそよそしい違和感を感じていた。

16

ぼくらはキリスト教徒でもブッディストでもなかったので、式をどこであげるかというのは信条の問題でなく、単なる便宜上の問題となった。

「ふつうは一年ぐらい前から予約を入れておくんじゃないかな？　申し込んでその場で、はいどうぞ、ってわけにはいかないだろ？　神様だってそんなに暇じゃないはずだよ」

「そう？」

「うん」

「でも、神様も私たちの事情を知れば、ランチを一回抜くかなんかして、何とか時間をつくってくれるんじゃないかしら？」

「そうかな？」

「多分――」

そもそも、裕子の身に起こったことは、いわば「神様の手違い」とも言うべき人知を超えた出来事だった。一人の女性の肉体だけが時間を遡航するなどということは、天上の誰かの責任だとしか考えようがない。だとすれば、その埋め合わせとして、彼らのスケジュール表のどこかに、ぼくらの結婚式の予定を割り込ませてもばちはあたらないはずだ。（誰が誰にばちをあてるのか？　という疑問はさておいて）

もちろん、こういった神様うんぬんという考えは一つの比喩であって、それは思いがけない幸運だとか、たまたま手にした好機会だとか、そういった言葉に置き換えられる。

そして、実際、ぼくらは意外な形で結婚式にこぎ着けることとなる。

17

くもりガラスをいくら磨いても、その向こう側を見渡すことが出来ないように、全くもって、不毛な努力というものもある。本人は勿論それを知らない。ぼくは何十億という人間たちが巨大な建物の窓を一心に磨いている姿を想像する。たいていはくもりガラスだが、中には透明なガラスを磨いている者もいる。成功組だ。

しかし、その割り当てはとても少ない。多くの祈りは届かないのだ。ぼくが磨いているのも、もしかしたらくもりガラスなのかもしれない。いくらどんなに強く願っても、裕子の若返りは止まらない。

とても悲しくなる。

18

日曜日の散歩は裕子にとって大きな気晴らしとなっている。

ウイークデーの日中は家の中に引きこもっている彼女にとって、週末の太陽は空に浮かぶ魅惑的な宝石のように見えただろう。

ぼくらは森を抜け、橋を渡り、工場の跡地でボルト拾いをする。

しかし、その日の二人は更にその先の土地に足を踏み入れていた。

「どうも道に迷ったみたいだ」

ぼくが言った。

「知ってた」

裕子が言った。

「さっきから悟、急に無口になって視線が落ち着かなくなっていたから」

ふむ……

「それに、雨が降ってきそうな空模様なんだけど」

「大丈夫よ。先に進みましょう」

見かけ上は10歳も年下の少女に手を引かれ歩きながら、ぼくはそれでも何となく嬉しかった。

やがて、ぽつりぽつりと雨が降り始めた。

アスファルトが黒い染みで点々と染められていく。それはどことなく病に冒された人間の肌を連想させた。そのことを裕子に言おうかと迷ったが、結局黙っていることにした。無意味な置き換えだし、ぼくの内面の闇をさらけ出すような気がしたから。

雨足はいっそう強まってきた。

ぼくらは小走りになって雨宿り出来そうな場所を探した。

しばらくいくと、

「あれは？」と裕子が指を掲げ、ぼくの注意を促した。

住宅の屋根が作る稜線の向こうに、ひときわ高く突き出ている尖塔が見えた。

「なんだろう？」

「普通の住宅とは違うみたい」

「行ってみようか？」

「そうね」

1分も走ると、ぼくらはその建物に辿り着いた。

それはひどく古びた洋館だった。門柱に掲げられた木製のプレートには手書きの文字が綴られている。風雨に浸食され、未完成のジグソーパズルみたいな状態になっていたが、何とか『Green Church』と読むことが出来た。

「教会なんだ」

「そうみたいね」

間近で見ると尖塔の天辺に十字架が見えた。

「とりあえず雨宿りさせてもらおうよ」

「勝手に入っていいのかしら？」

「門は開かれた――」とぼくは言った。

「求めよ、さらば与えられん」

というわけで、ぼくらは教会の敷地内に足を踏み入れた。

庭には緑がおそろしいばかりに繁茂していた。鬱蒼と茂る木々を縫うように石畳のアプローチが続く。礼拝堂のドアまで辿り着くと、ぼくらはそこで雨宿りすることにした。

幸い、ドアの上には小屋根がしつらえてあって雨を凌げるようになっている。右手には建物の裏へと続く柱廊が延びている。

「ねえ悟」と裕子がぼくの袖を引っ張った。

「ほら」

見ると、彼女が背後のドアを10㎝ほど押し開いていた。

「鍵がかかってないの。中が覗けるわ」

隙間から覗くと、灰色の光の中にきらきら輝く塵が舞っているのが見えた。

小さな祭壇と4脚の長椅子が2列。

「随分、慎ましやかな教会だね」

「そうね。でも、何だか暖かみが感じられるわ」

「そう?」

ぼくらは無意識のうちに中に足を踏み入れていた。

そこは何だか古びた時間の匂いがした。子どもの頃のとても大事な記憶と結びついていそうな、そんな匂いだった。ぼくらはぎしぎしと鳴く床を踏み締め、祭壇に向かった。

「ねえ、悟」

裕子はぼくの腕に自分の腕を絡めて、少し不安そうな面もちで小さく囁いた。

「神様が見てるわ」

それは祭壇の後ろに掲げられた小さなキリスト像だった。

裕子は手を胸の前で組むと、目を瞑り、こうべを垂れた。

ぼくは彼女の細い首を見つめながら、この女性の祈りが神様に届きますようにと、胸の中でそっと呟いた。


「日曜礼拝は午前中で終わりましたが？」

ふいにぼくらの背後で声が響いた。

驚いて振り向くと、そこに白人の大男が立っていた。ぼくよりもさらに10cm以上は大きそうだった。

青いダンガリーシャツに色の褪せた黒のコーデュロイパンツ。そして何よりもナポリタンスパゲッティみたいなオレンジ色の巻き毛がぼくの目を引いた。

「ごめんなさい。雨宿りさせてもらってました」

ぼくが口を開くよりも先に、裕子がそう言って頭をぺこりと下げた。

男はなるほど、というように肩を竦め、

「そうでしたか。そういうことならば、ご自由にお使い下さい。この場所は誰も拒みはしませんから」

そして、にっこりと微笑み、

「私は、ジョン・バードマンと言います。この教会の牧師をしています」

彼は育ちすぎた幼児のようにも、あるいは顔に刻まれた多くの皺のせいで、人生に疲れた老人のようにも見えた。いずれにせよ、ぼくよりは年上で、ぼくの親たちよりは年下であろうというぐらいには推測出来た。何となく親しみを感じるのは、我らが愛すべき老犬と同じ名前だからという理由だけでは無いような気がした。彼の笑顔は無邪気な子供と、温厚な老人、両者の表情をあわせ持っていた。

「どうです？　ここは冷えますから、私のうちに来ませんか？」

彼は子供と老人の笑顔でそう言った。

二人が答えあぐねていると、

「この礼拝堂の裏が居宅になっているんです。温かいホットミルクをお出ししますよ」

それは、あまりにも魅惑的な申し出だったので、ぼくらは儀礼的な謝辞の言葉を口にするのも忘れて、即座に頷いてしまった。（もっとも、ぼくらは普段から、そういった社交的な慣例からは遥かに遠い場所で暮らしていたんだけど）

ぼくらは礼拝堂に沿ってつくられた柱廊を通って彼の家に向かった。先頭を歩きながら彼は何かをしきりにしゃべっていた。だが、ひどく早口の上に、英国訛りとも言うべき奇妙なイントネーションのせいで、ぼくは殆どその言葉を聞き取ることが出来なかった。

「――ですか？」

彼が最前から何かを訊ねていることに気付いたぼくは、横に並ぶともう一度その質問を繰り返すように頼んだ。

「ああ、ですから、お二人はご兄妹なんですか？」

裕子が身を強ばらせたのがぼくにもわかった。

ぼくは束の間、様々な思いを頭の中で巡らせたが、口をついて出たのは殆ど自律的、反射的な言葉だった。

「いえ、ぼくらは夫婦です」

バードマンが立ち止まった。

名前の通り、その姿は水を飲むことをやめた平和鳥のように見えた。やがて彼はゆっくりと振り向くと、ぼくら二人の顔を交互に見比べ、それから大儀そうにかぶりを振った。

「それは――とても奇妙な話のように聞こえるんですが……」

「彼女が幼く見えるからですか？」

そうです、とバードマンが言った。

「でも」とぼくは裕子に視線を向け、

「彼女はあのような外見をしてるけど、実はぼくと同じ23歳なんです」

東洋人のへたなジョークと冷笑されるかとぼくは身構えた。だが、彼は意に反して、とても穏やかな声でこう言った。

「――何か、事情がおありのようですね」

そして、

「宜しければ、お聞かせ下さい」と、ぼくらをいざない再び歩き出した。

19

牧師の家の客間で、ぼくらはシロップをほんの少したらしたホットミルクをごちそうになった。冷えた身体が温められていく。

「つまり、その現象は、この春から始まったというわけですね？」

問われるままに、これまでの出来事をぼくはバードマンに語って聞かせた。彼はしばらく黙って考えていたが、やがておもむろに顔をあげると、そう訊いたのだった。

「気付いたのはその頃です。でも、もしかしたらもっと前から始まっていたのかもしれない……」

ぼくは彼に語ることによって自分の心が軽くなっていくのを感じていた。秘密というものは形が無いくせに、けっこう重いものなのだ。

バードマンは信頼出来る人間のように見えたし、たとえそうでなくても、ぼくはもう全てを話すことに何のためらいも感じていなかった。

疲れていたんだと思う。

ぼくなりに。

「随分と長い間、お二人だけで苦しんでこられたんですね」

苦しみとは違うのだという気持ちもあったが、眠れぬ夜の数が意味するものは、やはり苦しみによく似た何かだったのかもしれないとぼくは思った。

「私はごく平凡な人間なので、この現象に関して何のサジェスチョンも与えて差し上げることは出来ませんが――」

彼は言った。

「ただ、牧師という立場から意見を言わせてもらうならば、やはり奇蹟というものには神の大いなる御心が働いているのだと、そう考えるわけです」

だとしたら、とぼくは言った。

「神様は、どういう意図で裕子を若返らせようとしてるんでしょうか?」

バードマンはゆっくりとかぶりを振った。

「私にはわかりません――もしかしたら、答えはお二人の心の中にあるのかもしれませんね」

「ホットミルクのお代わりはいかがかしら?」

ぼくらの会話が途切れたのを見計らったように、バードマンの奥さんが容間に入ってきた。最前から中座してたのだが、ミルクを温めなおしていたらしい。

彼女はとても小柄な（裕子と２、３㎝しか違わないように見えた）、聡明な面立ちの美しい日本人女性だった。年齢は30歳前後のようにぼくには見えた。（いささか女性の年齢に関しては自信を無くしていたとしても――多分）

白い陶製のピッチャーからぼくらのカップにミルクを注ぎながら彼女は言った。

「ねえ、裕子さん、あなたどうしてそんなに子供っぽい服を着てるのかしら?」

裕子は白いサロペットの上に自分で仕立てたジジルックふうのジャケットを羽織っていた。

「たとえ身体が小さくたって、23歳の女性ならもっとお洒落な服装をしてもばちはあたらないでしょう?」

確かに裕子は、学校行事のオリエンテーリングに参加する女子生徒のような恰好をしていた。それがとても馴染んで見えたので気にもしなかったが、23歳の女性の服装としては随分と幼い装いだったかもしれない。

「ちょっと、一緒に来てもらえないかしら？　あなたに似合う服があると思うの。どのみち、今着ている服は雨で濡れちゃってるから、着替えておいたほうがいいでしょ？」

裕子が戸惑いの表情でぼくを見た。ぼくが小さく頷くと彼女は、それじゃあお願いしますと言って、夫人とともに部屋を出ていった。

「きれいな奥さんですね」

「おお、ありがとうございます」

彼は少年のようなはにかみの表情をぼくに見せた。

「彼女は日本人の父親とベトナム人の母親の間に生まれたのです。どちらの民族も美しい女性を輩出することで知られています」

彼は椅子から立ち上がると、サイドボードの上に置かれた写真立てを手にとった。そして、それをぼくに手渡すと、言葉を続けた。

「それは、彼女が9歳の時の写真です」

ぼくは手にした写真を見つめた。長い黒髪の美少女が、その両親と思われる男女の間に立ち、じっとこちらを見つめている。

「サイゴン陥落の年です。彼女はその写真一枚だけを手に、戦火のベトナムから逃れたのです」

「後ろにいるのがご両親ですか？」

「そうです。商社の社員としてハノイに赴任していた父親と、現地の学生だった母親が知り合い、結ばれ、そして彼女が生まれたのです」

「何だか小説みたいな話ですね」

「人の営みというものは、多かれ少なかれ何らかのドラマを内在しているものですよ。生きるとはそういうことです」

そうなのだろうか？

誰もがディケンズの小説のように、人々に語るべき人生を生きているのだろうか？

たとえばバードマンの妻のように。

たとえば裕子のように？

「彼女の両親は戦火の犠牲となって亡くなりました。妻の依李子は母親の妹とともに陸路を西アジア、東ヨーロッパと辿って進み、最後はフランスに身を落ち着けたのです」

ぼくはあらためて手にした写真を見つめ直した。

彼らはこの時、何を思っていたのだろう？　少女の両親は未だあまりにも若く、死とは無縁の存在のように見える。死神の黒衣の衣擦れの音は、彼らの耳に届いたのだろうか？

「――じゃあ、牧師さんと奥さんは、フランスで？」

いやそれが、と彼はかぶりを振り、

「彼女はフランスの日本人学校を卒業すると、今度は叔母とともに香港に渡ったのです。そこでセクレタリの養成学校に通い、技能を身につけ、現地のフランス系企業に就職しました。私たちが知り合ったのは、丁度その頃です」

ぼくは無言で頷くと、写真立てを牧師の手に返した。

「私はスコットランドのグラスゴーの出身です。父親は製鉄所で働いていました。――もっとも私が住んでいた町の人間は誰もが何らかの形で製鉄所に関わっていたのですが……」

彼は写真立てをサイドボードに戻すと、位置を整えるように何度か移動させた。

「私もいずれは製鉄所で働くものだと誰もが思ってました。しかし、私は牧師になった。しかも、私は故郷の町を離れ、世界の果てを目指して旅に出たのです」

私はデラシネなのです、と彼は呟くように言い添えた。彼は束の間、沈黙の中に身を置いていたが、やがて再び口を開いた。

「――そして、最後に流れ着いた極東の小さな島で、私は人生の伴侶を見つけたのです。多分、私の旅の目的は依李子と出逢うことだったのでしょう……」

日本に移り住んだのは、ここが彼女のもう一つの故郷だからだと牧師は言った。

「5年ほど前までは依李子の祖母もまだ健在でしたし、何よりも彼女の中に流れる血が、この場所を求めたのだと思います」

依李子は東洋の小さな宝石なのです――

スコットランドの大男は誰に言うでもなく、そんなことを口にした。

おそらく、二人の身長差は40㎝近くあっただろうが、彼らがどんなふうにキスを交わすのか、ぼくはバードマンに訊いてみたい気もした。しかし、実際にはそんな不躾な質問を口に出来るわけもなかったのだけれど——

それから程なくして、バードマンの奥さんが戻ってきた。

「ちょっと見てもらえるかしら？」

彼女の言葉にぼくらは部屋の入り口に目を向けた。すると、そこには恥ずかしさで耳たぶをピンクに染めた裕子が立っていた。

彼女は藍色のワンピースの上に乳白色のカーディガンを羽織っていた。髪はいつもの三つ編みではなく、複雑な形のシニヨンに編み上げている。唇にも少しだけ色が付いていた。

「どう？　何か言ってあげて」

牧師の妻に促されて、ぼくは裕子に歩み寄った。そして、彼女の眼を見つめながら言った。

「すごく素敵だよ。何だか別人みたいだ。ぼくの知らない三人目の裕子だ」

そう？　と裕子は言って、ぼくの視線から逃れるように窓辺に向かった。彼女は充分な距離を置いてから振り返ると、ありがとう、と消え入りそうな声で言った。

彼女の美しさには特別な理由があった。

子供の瞳から蠱惑《こわく》的な視線を投げかける裕子は、その自家撞着的な両義性によって、誰にも解くことの出来ない美の謎を手にしたのだった。


「ねえ、すごく素敵な報告があるの」

バードマンに向かって妻が言った。

「さて、何だろう？」

「この若いご夫婦の結婚式を私たちの教会で挙げてもらおうと思って」

「結婚式？」

「ええ」

牧師は一瞬戸惑いの表情で妻を見ると、何かを訊ねるような視線をぼくに向けた。

「実は——ぼくらはまだ結婚式を挙げていないんです。それで、探していたんです、その——式を挙げられる場所を」

ぼくの言葉に彼は困惑の面もちを見せた。

「ふむ——しかし、うちの礼拝堂は見ての通りの狭さで、参列者を呼べるほどの充分な席すらない状態なのですが……」

それは大丈夫よ、と奥さんが言った。

「彼女たちは二人だけで挙式するつもりだそうよ」

彼女は別室で裕子が語った言葉をそのまま夫に伝えた。ぼくらが互いの両親と絶縁状態にあること。裕子の秘密故に二人だけで孤立して暮らしてきたこと。したがって、挙式に呼ぶべき人間が一人もいないこと――

全てを聞き終えると牧師は何度も大きく頷いた。

「事情はよくわかりました。今までにもこの教会でごくわずかな参列者とともに挙式をあげた方たちは何組かいらっしゃいました。お二人きりというのは初めてですが、そういうことであるならば、出来るかぎりのお力添えをさせていただきましょう」

ぼくは思わず裕子を見た。裕子は雨の日にはこんなことも起こるものなのよ、とでも言いたげな、ちょっぴり澄ました顔でぼくを見返した。

それからぼくらは、にっこりと微笑みあった。

20

雨は上がり、東の空に二重の虹がかかっていた。

ぼくらは、殆ど言葉を交わすことなく黙々と家路を辿っていた。二人は雨がもたらした幸福な時間を頭の中で再現するのに忙しかったのだ。

結婚式が挙げられる！！

しかも、ウエディングドレスは牧師の妻の依李子さんが、自分の挙式の時に使ったものを貸してくれると言う。サイズはいくらか大きかったが、もともとが似たような体形だったし、ああいった大仰なドレスはその下に幾つもの詰め物をしてごまかすのがあたりまえだから、全く問題はなかった。あとは指輪を用意して下さい、とバードマンは言っていた。もちろん、結婚指輪だ。そういった様式にしたがうことは、どこか新鮮な歓びをぼくらにもたらした。

何かしら、より大きな世界に繋がる感覚。

悪くない。

21

その日のうちに、ぼくらは駅前のショッピングセンターにあるジュエリーショップにおもむき、銀の指輪を注文した。イニシャルと日付を刻印するのに2日ほどかかるという。挙式は5日後の金曜日に予定していたから充分に間に合うはずだ。店員は最後まで、ぼくらが彼女をからかっているんだという疑念を拭うことが出来ずにいるみたいだった。大人の装いをしていてもそうなのだから、サロペットの裕子が「結婚指輪をお願い」と言ったところで、プラスチックのファッションリングを渡されるのがおちだっただろう。

ぼくらはアパートに帰ると、長すぎた散歩の疲れを流すべく、先ずはバスルームに向かった。浴槽に湯を満たし、二人で肩までつかる。以前なら、こんなことは無理だったのだろうが、コンパクトサイズになった今の裕子となら、ユニットバスでも一緒に入ることが出来るのだ。

「不思議な一日だったなあ」

二人は向かい合って浴槽につかっていた。

「誰とも似ていない人たち」

裕子はぼくの膝の間に収まるように座っていた。

水の屈折を通してみる裕子の胸は、実際以上に平板に映った。

ぼくはバードマンから聞いた依李子さんの生い立ちを裕子に話して聞かせた。

「だからなのかしら、彼女はすごく独特なの。私のこの奇妙な現象もすんなり受け入れてくれたし、何か、こう、風格があるのね。彼女に今までのことを打ち明けることが、すごく気持ちよかったの」

幼くして両親を亡くし、戦火の中、あまたの死を見続けてきた少女。ぼくは、そんな残酷な日々の中からでさえ、優しさや慈しみの心を育むことの出来る、人間の心のしなやかさを不思議に思った。

「殆ど何も言わなかったけど、きっと牧師さん自身の人生にも、幾つもの数奇な挿話ってやつがあったような気がする」

「そう?」

「うん。製鉄所の工員の息子が何故牧師になったのか？　そして、故郷を捨てて、彼は何故世界の果てを目指したのか？　きっと、何か理由があったはずだよ」

「その何かが、もしかしたらあの二人を結びつけたのかもしれないわね」

「そうだね。孤独が人と人を結びつけるように」

「そう？」

「うん」

ぼくらは浴槽から出ると、互いの髪を洗いあった。裕子の琥珀色の髪は、見た目よりもずっと量が多くて、洗いでがあった。こちらを向いて俯いて座っている裕子は、なんだかとても小さくて、ぼくは彼女の髪を洗いながら、あらためてその身体を、その幼い曲線を確認するように眺めていた。

女性の身体というのは、その秘められた中心に近付くにつれてエロティックになっていくというのが真実ならば（胸の双丘は別としても）、足の指の爪や頭の天辺のつむじなどは、もっとも性的魅力に乏しい部分であると言えるかもしれない。ぼくは、そうやって身体の末端から徐々に中心に向けて視線を移していった。

不自然なほどに細い首。

そして、仄かな陰影をたたえる鎖骨の窪み。

あるいは飴細工のように小さな足の指や、まるで無機物を思わせる直線的な臑、とがった膝。

その何処にも性的な妄想が入り込む余地はなかった。

実際の話、ぺったりとした下腹と、その下のひとふさの性毛にすら、ぼくは何の昂揚も感じることが出来なかったのだ。

ぼくは暗闇の中でしか裕子を抱くことが出来なくなっていた。ぼくは裕子を抱きながら、時折彼女の成熟した肉体を頭に思い浮かべることがあった。それは殆ど、マスターベーションと変わることのない行為だった。何かが間違っているという気がしたが、それでもぼくは彼女が望むままに、その小さな身体を抱き続けていた。

その夜もぼくは裕子を抱いた。

彼女にとってセックスとは何かを得るためにするものではなく、何かを失わないためにする行為なのだと、そんなふうにぼくは感じていた。

彼女は失うことを恐れていた。23歳の肉体が持ち、13歳の肉体が持たない全てのものを。

彼女がもらす声は、あまりにも悲しげで、ぼくは自分が何かとんでもない過ちを犯しているような、そんな気分になるのだった。

22

それからの数日は何だか慌ただしいままに過ぎていった。

ウエディングドレスに似合うような、サイズ22のパンプスを探すのに苦労したり、出来上がった結婚指輪をもらい受けに行ったり、髪をカットするために美容室に行ったり。

（まあ、どれも裕子の側の出来事なのだけれど、一種の心理的共時性というやつで、ぼくも何だか落ち着かない気分だった）

本当はぼくもモーニングだとか、タキシードだとかといった礼服を用意すべきだったのだろうけど、バードマンが特にこだわる必要はないと言ってくれたので、仕事着の中で一番ましなスーツを着ることにした。

そうこうしてる間に金曜日になった。

ぼくは普段通り仕事に出掛けた。挙式は夜の6時からの予定だった。ぼくが仕事を終え、Green Churchに到着する頃には、裕子は愛らしい花嫁に変身しているはずだった。

家を出るとき、ぼくを見送る裕子の笑顔が少しぎこちないような気がした。ぼくはきっと挙式のことで緊張してるんだろうと思ったが、実はそうではないことをぼくが知ったのは、式の直前になってからだった。

23

教会に着くと牧師が門のところでぼくのことを待っていた。

「今日は宜しく御願いします」

ぼくが言うと、牧師はせわしなく何度か頷いた。

「式のことはお任せ下さい。それよりもちょっと……」

牧師はぼくに歩み寄ると、大きな身体を折り曲げるようにして耳元に口を寄せ、囁くように言った。

「裕子さんにちょっとしたトラブルが起きてます」

「トラブル？」

ぼくは今朝、裕子が見せたぎこちない笑顔を思い起こした。

「彼女に何か？」

牧師は大したことではないのだというように、人差し指と親指でその大きさを示した。

――こんなくらいのトラブルです――

「取り敢えずは中に入りましょう」

ぼくは牧師に促されて礼拝堂の中に入った。勧められるままに信徒席に座ると、牧師もぼくの隣に腰を下ろした。

礼拝堂の壁は、燭台に置かれた蝋燭の光であわいオレンジ色に染まっていた。何処かで見たような色だと、しばらく思案したが、どうしても思い出せなかった。（ずいぶん後になって、ふいに思い出したのだが、それは前日の夜に裕子が作ったパンプキンスー

プの色だった)

「それで?」とぼくは牧師に訊ねた。

「そう——」

彼は言葉を探すように少しの間、口をもぐもぐさせていたがやがて、

「彼女は少し、そう——動揺しています」

そう言って片目を器用につむって見せた。

「少しです。ほんの少し」

何かしら、彼女にもマリッジブルーのような心の揺らぎが生じたのかと思ったけれど、よくよく考えてみれば、それは全く有り得ない話だった。だって、ぼくらはとっくに結婚していたんだから。

「実は、ドレスの着付けがうまくいってないのです」

牧師の言葉に、ぼくはほっと溜息を吐いた。

「何だ。ぼくはもっと——」

彼は首を振ってぼくの言葉を遮り、更に続けた。

「ドレスだけではないのです。靴のサイズも合わなくなっています。それに昨日の夜、指輪を試してみたら、それもいささか問題のある状態になっていたと——」

ぼくはスーツの内ポケットに収まっている指輪のケースを、服の上からぎゅっと押さえた。それは、裕子の物言わぬ悲しみの塊のようにぼくには感じられた。

「ここにきて、急にまた若返りが進んだようです」

そのことに彼女は動揺しています。

牧師の言葉にぼくは無言で頷いた。

もっと早く気付くべきだった。今朝のぎこちない笑顔だけではない。それよりも前、昨日の夜の裕子も、あるいはそのもっと前から。彼女がさりげない仕種のために、どれだけの努力を必要としていたのか、ぼくは少しも気付かずにいた。

「とにかく、式は予定通りに行うつもりでいます。今、妻が裕子さんのために出来る限りのことをしています。何とか形を整え、挙式が進行出来るように」

それから牧師は、ぼくに指輪を渡すように言った。

受け取ったケースの蓋を開け、彼は用意していた羅紗張りの台座の溝に指輪を収めた。

「太って指輪が入らなくなるトラブルに比べれば、今回のことはささやかな問題に過ぎません」

牧師は言った。

「我々が気を配るべきなのは、裕子さんの心です」

今日の日が、彼女にとって思い出深いものになるよう最善を尽くしましょう。

牧師はそう言って、ぼくの肩に大きな手をそっと置いた。

ぼくらは裕子の準備が整うまで、その場所で辛抱強く待ち続けた。配給を待つロシア人のように。あるいは、赤ん坊の訪れを待つ若い夫婦のように。

やがて、30分ほど過ぎたところで、礼拝堂のドアを開け、一人の少女がそっと中に滑り込んできた。

ぼくはその瞬間、激しく動揺し、息を止めた。

何故なら、彼女が、朝ぼくが見た裕子よりも、ずっと幼く見えたからだった。たった一日でこんなにも変わってしまったのか？

少女は淡い色のワンピースを着て、じっとぼくを見つめている。

「彼女は」

ぼくらのきつく繋がれた視線を断ち切るように、牧師が言った。

「今日の挙式のためにオルガンを弾いてくれるユリエさんといいます」

時が再び正常に流れ始め、ぼくは大きな溜息を吐いた。

「ああ、そうなんですか。なるほど――」

言われてみれば、彼女は裕子と全く違う顔をしていた。黒い髪。切れ長の一重瞼。つんと上を向いた鼻。ただ、少女たちが持つ普遍的な相似性に惑わされて、ぼくは奇妙な錯覚に捕らわれてしまったのだ。

「はじめまして。今日は本当におめでとうございます」

彼女は細く澄んだ声でそう言うと、ぺこりと頭を下げた。

「ありがとう」

ぼくは戸惑いながら、小さな声でそう返した。

いささか大人げない反応ではあったけど、今はそれが精一杯だった。

「彼女はまだ11歳ですが、オルガンの奏者としては充分なキャリアを持っています。日曜礼拝の聖歌の伴奏はいつも彼女に任せているのです」

なるほどと、ぼくは曖昧に頷き、それから再び少女に視線を移した。

11歳。

こちらが気恥ずかしさを感じるほどの、無防備な眼差し。そして、間もなく裕子もその年齢に追いつこうとしている。

少女は牧師に顔を向けると、

「もうすぐ準備が整うそうです。こちらも用意して待っていて下さいって、奥さんが……」

「おお、そうですか」

牧師は最後の段取りをぼくらに指示すると、指輪と聖書を持って祭壇の前に移動した。

さて、それからの経過を詳しく語るには、ぼくはあまりに緊張し、舞い上がりすぎていたように思う。

彼女への気遣いや、指輪の心配が頭の中で渦巻き、それはやがて血管に流れ出して、ぼくを擬似的な酩酊状態に追いやった。だから、ぼくの記憶も酔っぱらいのそれと同じで、細切れで、不確かなものとなった。

例えば、依李子さんに付き添われて、礼拝堂の入口に現れた裕子のウエディングドレスの不自然な曲線（奇妙な部分がふくらみ、本来盛り上がるべきところがぺっこりと凹んでいた）とか、多分、随分と泣いたに違いない、赤く腫らした瞼の色などは、ぼくの記憶にしっかりと残っている。

でも、11歳の少女が奏でたオルガンの音や、牧師が長々と読み上げた聖書の一節――マルコによる福音書やエペソ人への手紙からの引用――の言葉は殆ど憶えていない。

あるいはクライマックスの場面でバードマンが語った台詞、

『我々は神の前に於いて今、この若い男女の結婚の証をして、神の祝福を祈ろうとしているのです』

これは、一字一句漏らすことなく頭に刻まれている。

記憶とは不思議なものだ。

頭の中にいる几帳面な小人が、全ての瞬間をいちいち取捨選択しているのだ。その基準は本人のぼくにすらわからない。あるいは小人の代わりに、コリントゲームが頭の中に入っていたのかもしれない。

何にしても、あの最も感動的かつ緊張の瞬間は、しっかりと記録され、貴重品と書かれたタグを付けて書庫にしまわれることとなった。

ぼくは、祈るような気持ちで裕子の左手をとると、その薬指に指輪を差し入れた。指輪はするすると薬指の根元まで進み、そこでくるりと一回転した。一瞬、ぼくはひやりとしたが、彼女は絶対に指から落とすまいと、左手をぎゅっと握りしめ、指輪と共にこの悦びの瞬間をその身の内に留めたのだった。そして、ぼくの顔を見上げると安堵と悦びの笑みを浮かべ、それから大粒の涙をぽろぽろと零した。天気雨のようなその涙は、その場にいたぼくら全員に伝染した。ぼくは鼻の奥がつんと痛くなり、目の前にいる裕子の顔が滲んで揺れるのを見た。こうべを巡らして見ると、バードマンも髪の色と同じぐらい鼻を赤くして目を潤ませていた。依李子さんはハンカチを鼻にあて、その切れ長の眼に涙を溜めていた。BGM担当の少女までもが、オルガンの陰で肩を震わせていた。ぼくが屈み込み、裕子は心持ち背伸びをして（小さなパンプスの中で彼女の足が泳ぎ出しそうになるのをぼくは見ていた）、二人は永遠の愛の証としてキスを交わした。

彼女の唇は熱を持ち、塩辛かった。

その瞬間、高々とオルガンが奏でられ、ぼくは自分たちが神様から祝福されているのを感じた。

そして、永遠の誓いは神様によって見届けられ、神様の責任において成就されるものだと、そんな幻影の中に束の間浸っていた。

『死が二人を分かつまで』


そして、ぼくらは若く、死は誰か他の運のない人間にのみ訪れるもの（それは、真夜中の踏切で一晩に一度しか通らない貨物列車に出くわすようなものだ）として日常から遠ざけられていた。

つまり、この時のぼくらは、少なくとも心の中では真に永遠の愛を感じ取っていたのだ。そういう気分にさせてしまう婚礼の儀式って、やっぱり凄いんだな、とぼくは思った。

挙式の後、ぼくらは再びバードマンの居宅に戻り、4人だけの（オルガンの少女はお気に入りのアイドルがでるTVドラマを見るために帰っていった。11歳とはつまりそういう年頃なのだ）婚礼パーティーにとりかかった。ワインを飲み写真を撮り、とりとめのない話題で盛り上がり、今日の良き日を祝い合った。

知らない人間が見たら、何の祝い事なのか頭を捻ったかもしれない。大体において、大人びた振る舞いをする少女と、少女のような大人の女性、それに年齢不詳の大男に、ようやく少年の名残を脱ぎ捨てたばかりの青年といった四人の組み合わせ自体がひとつの謎に見えただろう。

そして、少女のような大人の女性がみんなに話を聞かせていた。

「私の故郷のベトナムには、こんな昔話があるの」

彼女は窓越しに光を投げかける乳白色の月を見つめていた。

「ずっと昔のことなんだけど、あるところにクオイという青年がいたのね」


クオイはある日、斧を担いで深い山の中に分け入った。

渓流の近くを歩いていると、彼は樹の陰に隠れるようにぽっかり洞窟が口を開けているのを見つけた。そこには4匹の虎の子がいた。

クオイは持っていた斧でその虎の子たちを殺してしまった。

ふと振り向くと、クオイの背後には凄まじい形相の母虎が迫っていた。

クオイは悲鳴をあげながら近くにあった高い樹によじ登った。

母虎はしばらくの間、仔虎たちのまわりを歩き回っていたが、やがて傍らの樹の葉を咬み取り、それを仔虎たちの口に含ませた。すると何とも不思議なことに、仔虎たちは間もなく生き返り、再び立ち上がったのだった。

虎の一家が去るのを待って、地上に降りたクオイは、その不思議な力を持つ樹を根っこから引き抜いて家に持ち帰ることにした。

帰り道、河のほとりでクオイは一人の老人が死んでいるのに出くわした。さっそく樹の葉を千切り取り口に含ませると、ほどなく老人は息を吹き返した。

老人は『この樹は大切な樹であるから、決して汚してはならない』という言葉を残して去っていった。

家に戻ったクオイは、樹を庭に植え、毎日澄んだ川の水をかけて育てた。そして、誰かが死んだという話を聞くたびに、樹の葉を携え出掛けていき、その人間を生き返らせた。

彼の名は、またたくまに国中の人間の間に響き渡っていった。

やがて彼は村の長者の娘を生き返らせると、その娘と結婚した。

クオイは妻に樹を決して汚してはならないと言い渡していたが、ある日、彼が山に行っている間に、妻が樹に肥をかけてしまった。すると、地が裂け、根を引きちぎるようにして樹が浮かび上がり始めた。山から戻ったクオイは、宙に浮かぶ樹を見るとひどく驚き、引き戻そうと樹に飛びついた。だが、樹はクオイを連れたまま空高く舞い上がり、ついには月まで飛んでいってしまった。

「まん丸お月さんには、大きなガジマルの木と年老いたクオイさんがいるよ。クオイさん、月の宮殿で何しているの？」

依李子さんは、そう節を付けて歌った。

「ベトナムで、中秋節に子供たちはそうやって歌うの。もちろんベトナム語でだけど。うさぎでなく、おじいさんというのが日本と違うところね」

そこで彼女はページをめくる間のような、小さな沈黙を置いた。

そして再び静かに語りだした。

「私の母方のおばあさんから聞いた話なんだけど、彼女の村ではこの昔話に、ちょっとした挿話が加えられているの」

さて、いよいよここからが本題なのよ、というふうに彼女は少し身を乗り出すようにしてぼくらを見た。

ぼくらはただ押し黙ったまま彼女を見返した。

依李子さんは小さく頷くと再び口を開いた。

「おばあさんは北寧という町の近くにある京族の村の出身なんだけど、その村に昔、クオイが訪れたという言い伝えがあるのよ。村の長老が亡くなったとき、クオイがガジマルの葉で生き返らしてくれたのね」

それでね、と彼女は続けた。

「その村には若い一組の夫婦がいたんだけど、二人はひと月ほど前に幼い娘を亡くしていたの。それで、クオイにお願いしたのよ。娘を生き返らしてくれって。でも、娘さんはもうすでに埋葬されていたから、いくらクオイでもそれはとても叶えられない頼みだったわけ」

依李子さんは自分の言葉がぼくらに浸透していくのを待つように、言葉を切り、数でもかぞえているみたいに規則正しく身体を揺らしていた。

失われた子供。

若い夫婦。

ぼくは、ようやく依李子さんが何を語ろうとしているのか、その行き先を見たような気がした。

「夫婦にすがられてクオイが困っていると、最前に息を吹き返したばかりの長老がそこに来て、こう訊いたの。『どうしても娘を取り戻したいのか？』若い夫婦は勿論って頷いたわ。すると長老は若い妻を指さして、『ならば、あなたがクオイのガジマルの葉を食しなさい。そうすれば願いは叶えられるだろう』って、そう言ったの」

依李子さんは休止符のような溜息を吐くと、そこで口をつぐんだ。

暫く待ってから、それで？　とぼくは彼女に結末を促した。

「二人は子供を取り戻したわ」

依李子さんは言った。

「妻の中に死んだ娘が舞い戻り、妻は娘となった。そして、娘が長じてから二人は再び夫婦となった――」

24

ぼくらがバードマンの家を出た頃には、もう間もなく日付が変わろうとしていた。空には一片の雲もなく、煌々と輝く月がぼくら二人の影法師をアスファルトの上で踊らせていた。

ぼくは目を凝らし、ガジマルの樹とクオイを探したが、どうしてもそれらしい姿は見つけられなかった。

『妻は娘となった』

依李子さんはそう言っていた。しかし、ぼくらの子供は未だその形すら定まる前に、この世を去っていったのだ。だとしたら、裕子は一体、何になるというのだろう?

多分、依李子さんはただ、娘のように若返った妻が、やがて再び成長し、夫とともに幸せに暮らしたのだという、その一節をぼくらに聞かせたかっただけなんだと思う。そうやって、裕子の不安を少しでも和らげようとしたのだろう。大陸の遙か西の半島に伝わる昔話と、極東の島国の小さな町に住む若い夫婦との間には、きっと、ぼくが気を病むほどの繋がりは無いに違いない。確かに、ぼくらは赤ん坊との再会を願ったが、クオイは訪れず、裕子はガジマルの葉を食べたりはしなかった。だから、裕子の中に死んだ赤ん坊が舞い戻ってくることはないし、彼女は彼女であり続けるだろう。（いささかそのサイズが小さくなったとしても）

赤ん坊には正規のルートを辿ってぼくらに会いに来てもらえばいい。いつか、裕子が再び成長したときに。

裕子はずっと押し黙ったまま、ぼくの隣を歩いている。時折思い出したように、路傍の石をこつんと蹴飛ばすが、その行為に熱中しているようにも見えない。

ぼくは訊いた。

「どう、今の気分は？」

彼女はぼくを見上げると、にっこりと微笑んだ。

「いい気分よ。幸せだし、心は穏やかだわ。とても素敵な結婚式だった。涙が出ちゃうくらい」

「そう、ぼくもつられてしまった」

裕子はほらっ、と言って、左手をぼくの目の前に差し上げた。結婚指輪が中指の付け根におさまっていた。

「この指ならちょうど太さが合うの。しばらくはこうしているわ。世界の広さに比べたら、薬指と中指の距離なんて無いに等しいんだから」

そうだね。

彼女はぼくの腕に自分の腕を絡ませると、その頬を押しつけた。

「私たちは家族よね」

「ずっと前からそうだよ。今日は、新しい記念日が増えただけさ」

「そうね。そうだね――」

それから随分と後になって、ぼくはその時の裕子の言葉の本当の意味を知ることになる。

『私たちは家族よね』と裕子は言った。何故「夫婦」ではなく「家族」だったのだろう？

多分、裕子は「家族」という言葉の中に、彼女とぼくと、そして生まれ来るはずだった赤ん坊も含めていたんだと思う。

『妻の中に死んだ娘が舞い戻り』

依李子さんが語ったこの言葉に、裕子はぼくには見ることの出来なかった何かを見たのだ。

彼女はある時(ちょうど、結婚一周年の頃だ)、非常に奇妙な体験をした。それはあまりの非現実性ゆえに、さしたる重要性もないと判断され、ずっと薄暗い納戸のような場所に放って置かれていた。(それは、ぼくに語られることさえなかった)

しかし、依李子さんの言葉によって、裕子はその体験に深い意味があることを知ったのだ。

『――それは、私にとって救いであると同時に、深い喜びともなった。依李子さんが挙式の後であの話をしたのは、決して偶然などではない。もしかしたら、私たちは彼女からあの話を聞くために、牧師夫妻と出会ったのかもしれない……』

その夜、裕子は日記にそう綴っている。

25

家に帰り着いたぼくらはシャワーを浴びると、すぐにベッドに入ったが、気分が高ぶっていてなかなか寝付かれなかった。なるほど、これが結婚式の夜の新郎の気分なのか、とぼくは思ったりもした。裕子も上気した顔で天井を見つめている。

出来立ての、湯気がたっているような新婚の男女にとって、社会的にはこの夜こそが全ての始まりの時なのだろう。つまり公的に認められた最初の夜ということだ。だけど、ぼくはこの夜を最後の時にしようと、そう決めていた。問題は、どうやってそれを彼女に伝えるかということだった。ぼくはまるで初めて妻を抱く夫のように緊張していた。

やがて、裕子がぼくのほうに向き直ると、ひんやりとした細い足をぼくのももに絡めてきた。彼女はTシャツに小さな白いショーツ一枚という格好でベッドにもぐり込んでいた。それにしても、女性の下半身を覆うあのささやかな下着のフレキシビリティーには、ちょっと驚かされる。だって、今、裕子がはいているショーツは彼女の一番のお気に入りだけど、それはまだ、彼女が若返りを始める前から愛用していたものなのだから。それが13歳の肉体になった今でさえフィットするなんて。脱いでしまえば、手の中に収まってしまうくらいの小さな布きれだけど、そこには何か男には知り得ない秘密が隠されているような気がする。

ぼくらは毛布の下でもぞもぞと身体を動かしながら、互いのシャツやらショーツやらを脱がしあった。ぼくはふと、15の裕子が見せていた、あの頑なな後ろ姿を思い出した。まさかあの時は、彼女の下着を足の指を使って器用に脱がせるようになるなんて思いもしなかった。随分と進歩したものだ。

しかし、これがぼくらのゴールだった。その先は無い。

素っ裸になったぼくらは、互いの身体を自分の中に取り込もうとするかのように、きつく抱き合った。裕子の身体は冷たく、信じられないほど小さかった。胸の中の痛みに似た何かが、ぼくに彼女の名を呼ばせた。

「裕子」

そして、ぼくは決意した。今言わなければ、彼女は最後となるこの行為の意味を知らないまま終わることになる。それはフェアではないような気がした。

だから、ぼくはこう言った。

「裕子、今夜が最後なんだ」

頑是《がんぜ》無い子供のような拒絶の言葉が返ってくることを予期して、ぼくは少し身構えていた。でも、彼女は大人だった。今までで一番大人だった。

「そうね、私もそのほうがいいと思うわ」

裕子が言った。

「でも、あなたは我慢出来る？」

随分久しぶりに「あなた」と呼ばれて、少しどぎまぎしたけど、ぼくは何とか軽口で応えることが出来た。

「そうだね。我慢出来なくなったら裕子の昔の写真を見ながらマスターベーションするよ。二人でカルバン・クラインの広告みたいだねって言ったあの下着姿のスナップ。すごく扇情的だと思うんだ」

構わないわよ、と裕子は言った。他の人じゃ嫌だけど、悟なら構わない。

何だか、そういうふうに率直に返されると、逆にぼくのほうが気恥ずかしい気分になった。

とにかく、そうやってぼくらは始まりの夜に最後のセックスをしたのだった。

こうやって裕子はひとつずつ何かを失っていくんだろうな、とぼくはそんなことを思ったりもした。だから、それはぼくにとって少し、悲しい夜となった。

26

11月の終わりに、ぼくらは山陰地方を旅して周った。

新婚旅行のつもりだった。二人の思い出の場所ということで、高校の修学旅行で巡った日本海の町をぼくらは再び訪ねることにした。ぼくは出来るだけ若やいだ服装をして（しかも、品位を保ちつつ）、何とか裕子と並んで歩いても不自然に見えないように気を配った。せめて年の離れた兄妹と認識してくれれば、というのがぼくの願いだった。それでも、町が古く鄙《ひな》びていくほど、ぼくは住人たちの視線を強く感じるようになっていった。町が古くなるほど人々は保守的に、そして鄙びていくほど人々の好奇心は強くなっていくものなのだろう。

「大丈夫かな?」

ぼくは裕子に訊いた。

「誘拐犯かなんかと間違えられて通報されたりしないだろうか?」

大丈夫よ、と裕子は言った。

「悟ぐらい欲のない顔をした人間も珍しいんだから」

「そう?」

「間違えられるとしたら、営利目的の誘拐犯ではなくて、少女愛に目覚めた孤独な倒錯者としてかもしれない」

「そのほうが、たちが悪いような気もするけど」

ぼくの困っている顔を見て、裕子は嬉しそうに声を出して笑っていた。

「いい? 宿に着いたら、人目のあるところでは、ぼくのことを『おにいちゃん』って呼ぶんだよ」

「わかっているわよ。あなた」

ぼくが渋い顔で裕子を見ると、彼女は肩を竦め澄ました顔でぼくを見返した。

「まかしといて、お兄ちゃん」

宿での裕子の演技はおおむね上々だったと思う。

それでも、旅館の従業員たちの好奇の目が、営業的笑顔の下から透けて見えているのを、ぼくは常に感じていた。ぼくは孤独な倒錯者に見られないように、出来るだけ健全な青年らしく振る舞ったが、かえってそのわざとらしさが彼らの好奇心を煽ってしまったのかもしれない。もともと、ぼくは健全な青年というよりは、孤独な倒錯者に見られやすい体質なんだと思う。

ぼくらは彼らの目から逃れるように、そっと宿から抜け出すと海に向かった。海岸に人の影はなかった。ぼくらは手を繋いで松林の中を歩いた。

「懐かしいな。6年ぶりぐらいかしら」

「そのぐらいかな。17の秋だったんだから」

裕子が何かを思いだしたように、俯きながらくすりと笑った。

「何?」

「うん。私、あの時悟のことを見たんだ。この先の岩場を一人で歩いているところ」

「ああ……」

「悟っていつも一人で行動するのね」

「気が付くとね、いつも一人なんだ。別に好んでそうしているわけでもないんだけど」

「そう? それで、その後夕食の時間に遅刻して帰ってきたよね。しかもずぶ濡れになって」

「ああ、そうだったね」

「あれは何だったの? 足を滑らせたの?」

「いや、そうじゃなくて——」

ぼくは裕子に説明するために、その場所まで彼女を連れていった。

「ここは？」

「洞窟だよ。小さいけれど」

ぼくは彼女の手を引いて中に入った。

「ここを見つけて」とぼくは両手を広げた。

「なんだか、すごく落ち着く場所だったから、その辺りの岩に腰を下ろしてぼうっとしてたんだ。しばらくの間。そしたらいつの間にか潮が満ちてきて、浜とここを繋ぐ岩場が沈んじゃったんだよ」

一瞬、裕子の顔に不安の色が浮かんだが、ぼくが、この時間はまだ大丈夫だよと言うと、彼女はそれで？と先を促した。

「それで——凄いんだ。満ち潮の早さって。この洞窟の中にもどんどん水が入ってきて、しばらく迷ってたんだけど、結局、海に飛び込んで浜まで戻ったんだ。だからずぶ濡れだったんだよ」

「悟って」

彼女は感情の読めない、奇妙な顔つきでじっとぼくを眺めていた。

「何？」

しばらくしてから裕子が言った。

裕子はにっこり微笑むと、

「悟って最高だね」

そう言って、ぼくの腰に両手をまわし、みぞおちの辺りに顔を埋めた。

何が最高なのかわからなかったけど、それでもぼくは彼女の背中をさすりながら、そうだねと囁くように言葉を返した。

「その時も」

裕子がくぐもった声で言った。それは、ぼくの胸の中に住む小人の囁きのようにも聞こえた。

「そうでないときも、その前も、そのずっと前も、いつも一緒にいれれば良かったのに」

「一緒だったよ。いつもそばにいた」

「でも、それだけだわ。そばにいただけ。今の私たちのようでは無かった」

「それは、そうだけど……」

15の時、出逢って、と裕子は言った。

「その時から私はずっと悟のこと好きだったんだと思う」

彼女はぼくの身体に顔を押し当てたまま続けた。

「あの日、この海岸を一人で歩いていく悟を見つけたのも偶然じゃなかった。いつも悟が何処にいるのか無意識のうちに探していたんだよ」

「うん」

「あの時、悟と一緒にこの洞窟に来たかった。二人でずぶ濡れになって笑い合いたかった」

私は1秒でも長く、悟と一緒の時を過ごしていたいの。裕子はぼくから離れると、きびすを返して一人で洞窟から出ていった。

ふと気付くと、ぼくのシャツの胸が濡れて滲んでいた。

27

別棟で夕食を済ませたぼくらは、自分たちの部屋に戻り、そこに用意されていた寝床を目にして、ちょっと複雑な気分になった。

「賄いの人もかなり迷ったのね」

二人のふとんの間には50cm程の距離が置かれていた。

「微妙な位置だね。何て言うか、その人のモラルとか職業意識とか、お客に対する気配りだとか、そんなものがせめぎ合った結果の並べ方だったような気がする」

ぼくは、ふとんをぴったりくっつけるように移動させた。

「それは少し不自然だとは思わない？　おにいちゃん？」

ふむ、とぼくは考え込んでしまった。

「ぼくは兄妹がいないからね、その辺のことはひどく疎いんだ」

「それは私も同じだけど……」

結局、また明日の朝になったら元の位置にふとんを戻しておくということで、ぼくらは自分たちを納得させた。

シャワーを浴び、それから二人で地元の放送局が流している郷土料理の番組を見てから（料理番組はぼくらが最も愛するＴＶプログラムの一つだった。そこには悪意も笑いをとるために人を傷つけるような行為も無く、そして勿論死もなかった。代わりに創造性と秩序があった）、ぼくらはふとんの中にもぐり込んだ。

「ねえ、悟」と裕子が言った。

「うん？」

「そっちに行ってもいい？」

「いいよ。おいで」

裕子はくっつき合ったふとんの中をもぞもぞと移動して、ぼくの隣に来た。

楽しいね、こういうのってと裕子は言って、ぼくの身体に抱きついた。微かに濡れた髪の匂いがした。

「キスしてもいい？」

裕子が訊いた。どこまでが赦される行為で、どこからがいけないのか、ぼくにも良くわからなかった。

セックス抜きのスキンシップ。それがどういうものを意味するのか、ぼくは考えてしまった。すると、裕子がいきなりぼくの口にキスをした。それは幼い兄妹が交わす、おやすみの挨拶のようなキスだった。

「もうね、何も感じないんだ」

裕子が言った。

「自分で試してみたの。だけど、くすぐったいだけだった」

でも、と彼女は言って、ぼくの胸に額を押しつけた。

「こうやって悟と身体をくっつけていると、すごくいい気持ちになる」

「そう？」

「うん。それで、なあんだって思っちゃった。セックスってそんなに大したもんじゃないんだなって。あの時感じていた気持ちよさの大部分は、もっと別の所から来てたんだなって」

そうなのかもしれない。何故なら、この時ぼくも、やっぱり同じような気持ちの良さを感じていたから。あるいはそれは、失った者だけに与えられる何らかの特別な代償だったのかもしれない。

「明日はもう帰るのね」

「そうだね」

「何だか、あっという間だったな」

「楽しかった？」

「うん。悟と二人きりの初めての旅行だもんね」

「また来ればいいさ」

「そうだね。また来ようね」

けれど、もしかしたら、これが最初で最後の旅となるかもしれないと、二人はそんなふうに感じてもいた。ぼくらはでも、そんなこと何も知らないふりをして、旅の夜の、あのわくわくするような特別な時間の中にいつまでも浸り続けていたのだった。

28

街はクリスマスのディスプレーで煌びやかに輝いていた。

ぼくらは、裕子が望んだクリスマスのプレゼントを買うために、電車に乗って隣街まで買い物に来ていた。彼女が欲しがったのは小学生向けのふりがながついた文学書だった。

「最近、読めない漢字がよくあるの」

裕子が戸惑ったような表情でぼくに訴えた。彼女は少しずつ記憶を失いつつある。その事実はぼくの胸に熱い焦燥感をもたらしたが、それはつまるところ、ぼく自身の無力さに対する憤りの感情でもあった。時折、二人が話題にする高校時代のエピソードにも、虫喰いのような記憶の欠落がちらほらと現れ始めていた。

裕子はぼくの腕に自分の腕を絡めるようにして、隣を歩いていた。しばらく前から二人は歩くときに手を繋がなくなっていた。身長差がつき過ぎて、腕を振るリズムが噛み合わなくなり、ひどく歩きづらくなったからだ。彼女の若返りは、また一つの階梯《かいてい》を下ったようだ。

裕子はこのひと月で、第二次性徴期の境を越えてしまった。生理が止まり、性毛が消えて無くなり、そして微かではあるが、声がより高く細くなった。彼女はもう、何処から見ても12歳の小学生だった。赤いマニキュアよりも、赤いランドセルが似合う年頃にまで遡ってしまったのだ。

彼女は路上に獲物を見つけると（それはペットボトルのキャップだとか、丸めて捨てられた美容室のチラシだったりした）、奇妙な熱意をもって、それを蹴飛ばしていた。獲物はきれいな放物線を描いて、遥か遠くへ飛んでいった。もしかしたら、新体操の代わりに女子サッカーの選手になっても、彼女は結構いい線いってたかもしれない。

ぼくらは、この街で一番大きな書店に入ると児童書のコーナーに向かい、そこで何冊かの本を購入した。ディケンズの「クリスマス・キャロル」とユゴーの「レ・ミゼラブル」、それにコナン・ドイルの「斑の紐」。いずれも小学校高学年向けという但し書きがついていた。なかば幽閉状態にある裕子にとって、小説は別の世界を覗き見ることの出来る魔法の窓のようなものだった。本一冊でアパートのあの小さな部屋が、何十マイルにも広がるのだ。

　嬉しそうに本の包みを抱えて歩きながら、裕子はぼくにも何かプレゼントを贈りたいと言い出した。実のところ、結婚式や旅行の出費で、ぼくらの経済状況はあまり思わしくないところにあった。だから、彼女の無邪気な申し出は嬉しくもあったが、生活費のことを考えると（ぼくが彼女に贈るのも、彼女がぼくに贈るのも、その出所は同じ一つの財布なのだから）、ぼくはいささか困惑した気分になった。ぼくは素早く頭を働かせて、金額のかさまないプレゼントは何かないかと思いを巡らせた。ぼくは彼女に贈ることの悦びを与えたかったし、それにはぼく自身がもらって嬉しい物でなくてはならない。贈り物とはつまり、そういうものだろうから。

　そして、ぼくはある物を思いついた。ぼくは裕子の手を引いて、赤と緑に飾られた百貨店のドアを押し開き、中に入った。店の中は聖夜のプレゼントを求める買い物客で賑わっていた。日頃の不安や心配はとりあえず保留にして、今夜だけは束の間の幸福にひたろうという人々の顔がそこにはあった。きっと、一年のうちでこの日が世界の幸福の総和が最も大きくなる時なのだろう。

　ぼくらはエスカレーターで最上階まで昇った。そして、レストラン街の奥に、ぼくは目当てのものを見つけた。

「ぼくが欲しい物はこれだよ」

「これ？」

そこにはインスタント写真撮影のボックスが置かれていた。

「そう、裕子の写真が欲しいんだ」

ぼくはパスケースをポケットから出すと、その中から一枚の写真を抜き出し裕子に見せた。

「いつも持ち歩いてるんだけど、これは今のきみとはちょっと印象が違っているからね」

それは、ちょうど一年前の写真だった。彼女のクラブが主宰したクリスマスパーティーの時のスナップショットだ。裕子は黒いハイネックのセーターにダークブラウンのミニスカートをはいている。隣には添え物のように、仕事用の地味なスーツを着たぼくが映っている。

彼女は自信に満ち、自分とその周りの世界をしっかりと把握している、大人の女性に見えた。

「こんな時もあったんだよね」

裕子が溜息のような呟きを漏らした。

「この時はこの時。今は今だよ。とにかく、ぼくは今の裕子の写真が欲しいんだ」

ぼくらは二人してボックスの中に入った。

「一緒に撮るんでしょ？」

「そうだね。一年前の写真もそうだったし。でも、随分と狭いな、この中は」

「私が悟のひざの上に乗ればいいのよ」

「ふむ」

ぼくは据えられた椅子を一番低い位置まで下げて、そこに座った。そのぼくの膝の上に裕子が座る。彼女はぼくの首に腕を絡めると、頬を押しつけた。

「これなら、少しはカップルらしく見えるでしょ？」

それはそうだけど、もし誰かに見られたら、どんな言い訳をすればいいのかと、ぼくは内心ひやひやしていた。とりあえず、カーテンで仕切られてはいたけど、ぼくはまるで衆人の中で抱き合っているような、ひどく心許ない気分になった。

ぼくは急いで硬貨を取り出すと、投入口に放り込んだ。

撮影が終わり、出来上がった写真を見て、裕子は声をたてて笑った。ぼくの顔は全て鼻から下が欠けていた。しかも、5枚中4枚の写真の中で、ぼくは目を閉じて映っていた。暗闇でいきなり光を向けられた小動物みたいに、不安げな顔をしている。（実際、とても不安を感じていたんだけど）

「悟って天才ね。どうやったら、こんなに絶妙なタイミングで目を瞑ることが出来るの？」

「知らないよ。たまたま目を閉じたときにシャッターが下りただけさ。それに、ぼくのことはどうでもいいんだ。裕子さえちゃんと映っていれば」

裕子は全ての写真で完璧な笑顔を見せていた。子どもの頃の淡い憧憬を思い起こさせる、遠い微笑。こんな少女が同じクラスにいたら、ぼくは名前も知らない胸の奥に湧き起こる熱い感情に、ただひたすら戸惑うだけだっただろう。

ぼくらはステーショナリーの売り場に行き、唯一ぼくの目が開いている写真をラミネート加工してもらった。こうやって一枚のカードに仕立ててみると、それは何だかプロのフォトグラファーが撮った、コマーシャルアートの一作品のようにも見えた。美少女を起用し、コミカルな味付けとして、フレームの下から顔を覗かせる男を置く。商品は歯磨粉か、レトルト食品か、そんなあたりだ。

「ちょっと待ってて」

裕子はそう言うと、写真を手にレジカウンターに向かった。どうやら店員にラッピングを頼むつもりらしい。彼女から写真を差し出された若い女性の店員が、困惑の表情を浮かべているのが、ここからも見えた。店のマニュアルには何か商品を購入しない限りは、ラッピングサービスの対象から外れると書かれているのだろう。上司でも探そうとしたのか、落ち着かない視線を売場の中に泳がせていた店員と、ぼくの目があった。彼女はぼくのことを裕子の保護者と認識したようだ。

『どうしようか、判断がつきかねているんですが』と彼女が視線を送ってきた。

ぼくは、

『子供のわがままです。今日の良き日に免じて、言うことを聞いてやってくれませんか？』と、やはり視線で返した。

彼女が、

『わかりました』と、微笑んでくれたので、

『ありがとう』と、ぼくも微笑み返した。

しかし、裕子を完全な子供として扱っていることに、ぼくは少なからぬやましさを覚えた。彼女はぼくの妻であって子供ではないのだから。

裕子はぼくの元に戻ってくると、緑色の包装紙に赤いリボンをあしらった小さな包みを差し出した。

「メリー・クリスマス。私からのプレゼントよ」

「ありがとう。これで今の裕子ともいつも一緒にいられるよ」

「そうね、いつまでもずっと一緒にいてね」

そう言った彼女の眼差しが、言葉以上の想いを告げていて、ぼくはその視線を受け止めるのが辛くなった。ぼくは裕子の琥珀色の髪を手で梳《す》くと、頭の天辺にキスをした。

「そう、いつまでも一緒だよ」

だが、ぼくの声はどこか虚ろで、力が無かった。

エレベーターの前で下りの箱を待っていると、背後から「井上さん?」と声をかけられた。

振り向くと、そこにはぼくの良く知っている顔があった。

「ああ、藤沢さん……」

彼女はぼくが勤める司法書士事務所の唯一の女性所員だった。そして、唯一の男性所員がぼく。つまり、非常につましやかな職場なのだ。

彼女は事務所ではぼくより一年先輩だったが、年齢は3つほど下だったはずだ。眼鏡の奥で、よく光る黒目がくるくる動く。

「やっぱり井上さんだったんですね。スーツじゃないから印象が違ってて、ちょっと自信がなかった――」

そして、裕子に視線を向け、言った。

「こちらは？」

「ああ、そう、姪です。姪の裕子」

うわの空で、ろくに考えもせず口にした言葉だったが、彼女はすぐにその矛盾に気付いた。

「あれ？　確か井上さんは兄弟いなかったはずじゃ――」

「ん？」

「いとこです。私の母のお兄さんが悟さんのお父さんなんです」

ぼくの思考が働き出すよりも早く、裕子が先にそう答えてくれた。

「そう、いとこでした。いとこの裕子です。こちらはぼくの勤め先の同僚で、藤沢クミさん」

二人は、はじめましてと言いながら会釈しあった。

幸い、二人は初対面だった。藤沢クミが裕子の秘密に気付く心配はない。

「クリスマスの買い物ですか？」

彼女が訊いた。

「うん、そうなんだ。今日は気前のいい親戚のお兄ちゃんの役を仰せつかってさ、それで、二人でこの店に来たんだ」

「いいですね。こんな優しいお兄さんがいて」

彼女はどちらに言うでもなく、そんな言葉を口にした。ふだん、事務所では殆ど会話を交わしたことが無く、互いのプライベートに関しても最低限のことしか明かし合ってはいなかったが、

（妻がいます。兄弟はいません。隣の町から通ってます）

（独身です。妹が二人います。この町で家族と一緒に暮らしています）

彼女がぼくをどんなふうに見ているのか、その一端を窺わせる言葉を、今初めて聞いたような気がした。

「奥さんは？」

彼女が訊いた。

「ご一緒じゃないんですか？」

何気ない質問だったが、ぼくは上手く返す言葉が見つけられず、必要以上に長い沈黙を置いてしまった。

「あっ、すいません。何かいけないこと訊いちゃいましたか?」

藤沢クミが空気の変化に敏感に気付き、わざとおどけるような口調でそう言った。

「ああ、いや、全然――」

ぼくは慌てて返事を返した。不自然なほど真剣な声音だったのだろう、彼女が一瞬、微かに脅えたような顔をした。

「風邪をひいちゃってて、悟さんの奥さん。それで、家で留守番してるんです」

またしても裕子が機転を利かせてくれた。

ぼくは何かしら、こういった場面でとっさに架空の話を作り上げるための、ある種の能力がすっぽり欠落しているらしい。

「そうなんですか。お大事になさって下さい。確か、奥さんのお名前も裕子さんでしたよね?」

裕子は裕子なのだから裕子だと紹介したのだけれど、今ここにいる裕子は裕子でないことになっているのだから、何か別の名前にしておくべきだった。しかし、今となっては手遅れだ。ぼくは微かな目眩を感じながらも、なんとか言葉を返した。

「そう、裕子です。二人とも同じ名前なんで、一緒にいると紛らわしかったりするんだけど……」

へえ、そうなんですかと言って、藤沢クミは邪気の無い笑顔をぼくに見せた。

「一度、お会いしたいなあと思ってたんですよ。すごく素敵な人だって、井上さんが言ってたから」

ぼくの隣で、裕子の肩がぴくりと動いた。

「そんなこと話したっけ？　記憶にないけど」

ぼくは何だか、自分がビルの屋上のへりを歩いているような気分になった。

「言ってましたよ。いつだったかしら――年末か年始に、事務所でお酒飲める場所に行ったとき。井上さん、少し酔ってましたけど」

ふむ。

「奥さん、フィットネスクラブでインストラクターされてるんですよね。何だか、とっても素敵なお仕事ですよね」

「インストラクターは、もうやめたんです」

藤沢クミの言葉を遮るように裕子が言った。

「やめたんだって、言ってました」

またも、三人を奇妙な沈黙が包んだ。

「ええと……」

藤沢クミは、三人をつつむ空間の綻びを繕おうとするように、懸命に言葉を探していた。

「あの、私、下の妹のプレゼントを買いに来たんです」

そう、とぼくは頷いた。

「優美っていうんですけど、まだ12歳なんです。それで、何を買ったらいいか迷っちゃって。裕子さん、何か良いアドバイスくれません？」

真実を知るぼくから言わせてもらえば、藤沢クミは質問する相手を間違っている。だが、勿論それを指摘することは出来ない。

『彼女はきみより3つも年上の女性なんだよ』

「私は、今日悟さんに本を買ってもらったんだけど」

裕子は手にした包みを掲げて見せた。

「本は駄目なんです。優美は想像力ってものが全くないから、書かれている文字から色や音や匂いを感じ取ることが出来ないの」

それじゃあ、と言ったきり裕子はすっかり考え込んでしまった。12歳の少女が望むものは、23歳の女性の記憶の部屋の随分と奥深いところに仕舞い込まれているのだろう。それは使われることのなくなった小さなベッドの下とか、もう抱かれることもないぬいぐるみの陰に隠れてしまっている。

「じゃあ、今、裕子さんが欲しい物は何なの？本以外で」

「私は——」

裕子は随分と真剣な表情でしばらく考えていたが、やがて言った。

「私が今欲しい物は、フライパンかしら。ガラス製のを探しているんです。アルミは身体に悪いって本に書いてあったから」

全く予期しなかった返答だったのだろう、藤沢クミは一瞬身体を硬直させた。健康に気遣い、ガラスのフライパンを欲しがる12歳の少女というのは、たいていの人間を激しい困惑の中におとしこむ。

「ああ、母からの受け売りですけど」

藤沢クミの反応を見て、裕子が急いで付け加えた。

「――そうでしょうね。だと思った」

彼女は身体の力を抜くと、小さな溜息を吐いた。

「それにしても、裕子さんてしっかりしてるのね。うちの優美とは大違いだわ」

「そうですか？　そんなこと無いと思うけど」

裕子は透明な石でも蹴飛ばすように、右脚を前方に突きだした。

「ねえ、それより、悟さんはどうなんですか？　職場ではどんな感じなの？」

今度は裕子が藤沢クミに質問した。

一つの危険からは遠離ったが、ぼくにとってはまた別の危険が迫ってるような気がした。

「そうね――」

藤沢クミはじっとぼくの顔を見つめ、適切な言葉を探そうとしていた。まるで、ぼくの顔に仕様書きが刻まれているとでも言うように。

「そう、一言で言えば、井上さんはクールな人ね」

あまりに意外な形容に、今度はぼくが硬直した。クールなんて形容される人間は、小説や映画の中だけにしか存在しないと思っていた。

「物静かで、いつも落ち着いていて、無駄なことは一切口にしないし」

横目で裕子を見ると、澄ましてはいるが、微かに肩を震わせていた。何をこらえているのか、ぼくにはすぐにわかった。

「こう、背中に何か訴えてくるものがあって、それがちょっと翳りを帯びているのね。うん、クールなのよ」

何だか、ぼくの知らない他の誰かの話を聞いているような感じだった。

「そうなの？」

ぼくが訊くと、

「いつも、そう思ってましたけど」と、藤沢クミは真顔で答えた。

知らなかった……。

ぼくは、クールな男だったんだ。

「何だかすごくおもしろい。悟さんのそんな面、見たこと無かったから」

裕子の言葉に彼女は微笑むと、

「そうね。仕事をしている井上さんを見たら、また、ちょっと考え変わっちゃうかも知れないわよ。気前がいいだけじゃなくて、かっこいいお兄さんなんだなって」と言った。

「うん。私って幸せもんですね。こんな素敵な親戚のお兄さんがいて、しかも、クリスマス・イブの夜を一緒に過ごしてくれてるんですから」

彼女たちが話しているその人物は、どう考えてもぼくの4倍から5倍はいい男であるように感じられた。

まあ、いいだろう。聖夜には世界の幸福の総和が、ふだんの4倍増ぐらいにはなるのだろうから。

それでもぼくは、落ち着きの悪さから、身体が浮き上がっていきそうな何とも奇妙な感覚に包まれていた。

ひとしきり二人は何やらくすくすと笑い合いながら言葉を交わしていたが、やがて藤沢クミがぼくの方に向き直ると言った。

「さあ、もう行かなくちゃ。引き留めちゃってすいませんでした。奥さんが家で待っているのに」

誰のことを言っているのか、一瞬わからなかった。ぼくは裕子を見遣り、家で待ってるというもう一人の裕子のことを考えた。そして、遅まきながら、ようやく気付いた。

「──そう、風邪をひいている裕子が待ってるんだった……」

そして、子供になってしまった裕子はここにいる。

「私も大急ぎで優美へのプレゼントを買って帰らなくちゃ」

彼女はくすりと笑って、言った。

「本でもなく、ガラスのフライパンでもないプレゼントですけど」

「参考にならなくてごめんなさい」

裕子が謝ると、藤沢クミはかぶりを振って微笑んだ。

「ううん、そんなこと無い。それより、すごいわかっちゃったの。裕子さんと井上さんて、いとこ同士っていうよりも、まるで恋人同士にみたいに見える。きっと、奥さんの裕子さんもあなたみたいに素敵な女性なんだろうなって、そう思った。井上さんは女性を見る目があるのね……」

藤沢クミはさらに何か言おうとして、唇のみぎわで言葉を泳がせていた。だが、それはやがて小さな溜息に変わった。

彼女は何を言いたかったのだろう？　彼女の顔容に浮かぶ、微かな苛立ちと失望は何を意味しているのか？　しかし、その答えを得る間もなく、彼女は「それじゃあ、これで」と言って、きびすを返し着膨れた聖夜の客の中に消えていった。

車窓に映る夜の情景は、どことなく不幸な犬の夢を思わせた。

もの悲しく、そして色がない。

時折、森がつくる黒い稜線の向こうに、淡い光が見えることがある。それは孤独な人間が誰かに向かって送り続ける何かのメッセージのようにも見えた。

『ぼくはここにいるよ……』

いつかぼくも、誰かに向かってこんなふうに呼びかけるときが来るのかもしれない。


「クミさんて」

じっと窓の外に視線を注いでいた裕子が、ふいに口を開いた。

「すごく可愛いひとだよね」

藤沢クミがこの言葉を聞いたら何と言うだろうか？　12歳の少女から『可愛い』と言われて、彼女がどんな顔をするのか、ちょっと見てみたい気もする。

「それに、結構鋭いひとね。私たちのこと恋人同士だって」

悟はお芝居が下手だからなあと言いながら、裕子は物憂げな眼をして、流れ去る硝子の向こうの闇に視線を遣った。やがて、彼女が呟くようにぽつりと言った。

「彼女、悟のことが好きなのね」

あまりにさり気なく語られたので、それはしごく当然の事実を告げてるように聞こえた。

「何故そう思うの？」

「何故？」

裕子は不思議な物を見るような眼でぼくを見つめた。

「誰にだってわかるでしょう？　ボールを見て丸いというようなものよ」

「ぼくには全然わからなかった」

「悟は自意識というものがすごく薄いんだと思う。高校時代からそうだったけど……」

気付いてさえもらえないなんて、あまりに報われない想いよね、と裕子は言った。何だか少し怒っているような口調だったから、ぼくは敢えて言い返した。

「でも、ぼくのせいじゃない」

「わかってる。別に悟を責めてなんかいない。ただ――」

何？

裕子はゆっくりとかぶりを振ると、寂しそうに微笑んだ。

「クミさんなら、悟のこと――」

ちょうど列車が橋にさしかかり、車内は鉄の響きに満たされた。

「え？　聞こえなかったよ」

「何でもないよ」

「そう？」

「うん。――ねえ、ジェームス・ボンドくん」

「それ、何？」

「だって、クールなんでしょ？」

裕子は束の間纏《まと》った大人の憂いを脱ぎ捨て、再び快活な少女の声で笑った。

「ぼくがジェームス・ボンドだって？」

「もう、笑いこらえるのに必死だった。悟はクールなのかなあ？」

「知らないよ。ぼくをクールって言うんなら、口数の少ない人間はみんなクールだ」

「でもね」

裕子はひとしきり笑ったあと、ふと真顔に戻って静かな声で言った。

「つまりは、クミさんにはそう見えるってことが大事なんでしょ？　クミさんにとって、悟はミスター・ジェームス・ボンドなの」

「ぼくは、あんなに女好きじゃないよ」

「そうじゃなくて、ヒーローなのよ、クミさんの」

「随分と平凡なヒーローだなあ。もし、そう思ってるんだとしたら、彼女の理想というのはかなり慎ましやかなものだよ。きっと、まだそんなに多くの男性と出会ってないんだ」

「数なんて関係ない。人それぞれに自分のヒーローがあるんだから。私のヒーローは悟だし、それがクミさんにとっても同じだったたってだけよ」

もしも本当のヒーローなら、とぼくは思った。

きっと、裕子の身体も元に戻すことが出来るはずだ。だって、映画の中のヒーローは世界だって救えるんだから。ぼくはヒーローなんかじゃない。

決して。

やがて列車は減速を始め、ほどなくしてぼくらが降りる駅に到着した。ホームに降りた乗客はほんのわずかだった。改札を抜け駅舎の外に出ると、町はすでに闇の中に身を潜めるようにして沈黙していた。

「何だか寂しい眺めだなあ。聖夜だというのに」

「世界に私たち二人だけになっちゃったみたいね」

「うん」

ぼくらはアパートに続く細い路地を歩いた。

「ねえ」

しばらく行くと、裕子がふいに立ち止まった。

「何？」

「疲れちゃった」

「そう？」

「おんぶして」

「うん。いいよ」

ぼくは彼女に背を向けるとしゃがみ込んだ。裕子はぼくの首に両手を回し、背中にその身体を預けた。立ち上がり、歩き出してみると、裕子の身体は信じられないくらい軽かった。ぼくは失われていった、裕子の存在の欠片を想い、胸がつぶれるような苦しさを感じた。

「今夜が最後のクリスマス・イブだとしても──」

ぼくの背中で裕子が眠そうな声で呟いた。

「──全然、寂しくなんかないよ」

「うん」

「何故だかわかる?」

「何故なんだい?」

「それはね、私が今とても幸せだから」

「そう?」

「うん。もう充分だよ、これで。私も犬のように欲張ったりしないで、この人生に満足して消えていくの」

泣いたりしないぞ、と思ったけれど、やはり涙は何処からか溢れてきて、ぼくの冷たい頬を温かく濡らしていった。

年が明け、また新しい12ヶ月が始まった。

それはおろしたての12枚のシャツのように、手つかずの布の感触をぼくらに与えてくれる。でも、裕子が12枚目のシャツの袖に腕を通す日は、もう来ないのかもしれない。ぼくらは少しずつ、その事実を受け入れ始めている。そのことについて何か話し合うというようなことは無かったけれど、交わす視線や触れる指先、そして、ごくありきたりな会話の端々に、ぼくらは来るべき時への不安や戸惑いを滲ませている。そして、彼女は穏やかな諦念の中で、ひっそりとその日を待つように暮らしている。

ひとは、生まれてくる前のことを恐れたりはしない。

生まれてくる前も、死んだ後も、この世界に存在しないと言う意味に於いては同じなのに。

まだ幼かった頃には、そのことで少しナーバスになった時もあった。若い両親の写真の中に自分がいないことを不思議に思い、ぼくは彼らに訊ねた。

「何でぼくはいないの？」

「それは、まだお前がこの世に生まれてきていなかったからだよ」

そしてぼくは、自分が存在しなくても世界はそこに在り続けているのだという事実を知り、どうしようもなく憂鬱な気分になったのだった。

でも、やっぱり大抵の人間は、そのことで悩んだりはしない。それはきっと、生まれる前の不在が過去のことだからなのだろう。ならば、それがこれから先の未来に訪れるのだとしたら——

果たして、どうなのだろうか？

1月の最後の日曜。

ぼくらは自転車に乗って自然公園に出掛けた。荷台に座った裕子は、ぼくのダッフルコートのポケットに両手を差し込むようにして、しっかりとしがみついている。空は青く澄んで晴れ渡っていたけれども、冷たい空気が重く沈み、それを切りわけて走るぼくの耳は痛いくらいに凍えていた。朝から裕子は元気が無く、鬱ぎ込んでいるふうだったが、公園が近付くにつれてだんだんと口を開くようになっていった。

「ねえ、悟」

裕子がぼくの肩越しに声をかけた。

「うん？」

「人はどうして口じゃなくて鼻で息をするんだと思う？」

ぼくはしばらく考えてみた。

「わからない」

ぼくは言った。

「さっぱりわからないよ」

裕子は嬉しそうにくすくす笑うと、それはね、と言ってからもったいつけるように小さな間を置いた。何だか、幼い子供が手の中に隠したきれいな貝殻をそっと見せるときのような、そんな仕種を思わせた。

「それはね、キスをするときに息が苦しくならないようになの」

ひとは鼻があるおかげで、どんなに長くだってキスを続けられるんだよ。そう言って、裕子はぼくの首に冷たい唇を押しつけた。

じゃあ、馬の鼻は？　蛙の鼻は？　という疑問が凍えた頭に浮かんだが、それは凍えた思考がもたらした凍えた問いかけだった。思えば、そんな鼻の機能を必要とするようなキスは、もうずいぶんと長い間していなかった。

「鼻があって良かったね」

裕子が言った。

「おかげで、ずいぶんたくさんのキスをしてきたよね」

そうだね。

ぼくはペダルを踏みながら何度も頷いた。

冬の公園に人影は殆ど無かった。

水辺に一人の老人が佇んでいたが、何だかその姿は立ち枯れした灌木のような、あるいは生きながらに死後硬直してしまった人間のような、とにかく命の気配がひどく薄い印象をぼくにもたらした。死とはそういうものだと思う。生者にそうやって心の準備を促すのだ。

いつもの東屋に着くと、ぼくはダッフルコートを脱ぎ、それを裕子に羽織らせた。コートは彼女をすっぽりと包み込み、それでも余った部分が地面に引きずられていた。

「それなら寒くないよね」

「うん」

ぼくはゆっくりと時間をかけてストレッチをして、寒さで硬くなった筋肉をほぐした。

「じゃあ、40分ぐらいで戻ってくるからね」

「うん」

裕子は読み始めたばかりの「斑の紐」をナイロンのデイパックから取りだし、木のベンチに腰を下ろした。

「これを読んで待ってる」

「寒くない？」

「うん。カイロ持ってるし、それにこの悟のコートあったかいよ」

「それじゃあ、行って来るね」

「うん。いってらっしゃい」

ぼくは裕子を東屋に残し、森の奥に向けて走り出した。

しばらく走って振り返ると、裕子はさっそく本の世界に没頭しているようだった。だぶだぶのコートを羽織って、両手で本を支えているその姿は、さながらアップデートな森の妖精といった姿だった。あるいは、見習い中の小さな魔女とか。とにかく、どこかしら非現実的な印象だった。

彼女が非現実的に見えるのは、その存在自体が非現実的だからだ。

ちょうど一週間前、彼女は24回目の誕生日を迎えていた。しかし、彼女はじつに不思議な24歳だった。身長は140cmを切り、体重も30kgそこそこしかなく、画数の多い漢字にはふりがなをふらないと読むことが出来ない。畳んだベッドシーツを納戸の棚に仕舞うことが出来ないし、踏み台を使わないとシンクに背が届かない。夜は8時を過ぎると眠くなってしまう。だけど、灯りを全て消してしまうと怖くて眠れない。それが、24歳になったぼくの妻だった。

29

ほぼ40分をかけて公園内を一周し、ぼくは東屋に戻ってきた。

裕子はベンチの上で膝を抱えるようにして座っている。「斑の紐」は木のテーブルの上にページを開いたまま置かれていた。時折吹きすさぶ冷たい風が、せわしない仕種でページをめくる。

「ただいま」

「お帰りなさい……」

裕子はひどく億劫そうに顔をあげ、言葉を返した。

「どうした？」

「うん」

ぼくは彼女に歩み寄ると、しゃがみ込んで顔を見た。ピンク色に上気した頬と、潤んだ目がそこにはあった。

「悟——私、何だかへんなの」

ぼくは胸を衝かれた思いで、とっさに彼女の頬に手をやった。彼女の肌は熱を帯び、汗で湿っていた。

「つらい？」

ぼくが訊くと裕子はゆっくりと首を振った。

「つらくはないけど、なんだか、ぼーっとする」

「熱があるんだ。急いで帰ろう」

ぼくは彼女を背負うと、公園の入り口の駐輪場に向けて歩き出した。

「いつからだったんだろう？」

「うん。朝から何となく変だったんだけど——はっきりとはわからなかったの」

おおむね、子供とはそういうものだと思う。自分の身体に対してひどく疎いのだ。裕子に今までのような自己管理を求めるのは、もう無理なのかもしれない。これからは、ぼくがしっかりと彼女の体調にも気を配っていかなくてはならないのだろう。

自転車の荷台に座った裕子は、ぼくの腰に腕をまわし、身体をしっかり押しつけた。彼女の体温が厚い衣服を通して、ぼくの背中に伝わってくる。なんだか、背中にぽっかり日溜まりが出来たような感じだ。

「コート」

「ん？」

「私が着ちゃってて寒くない？」

「大丈夫だよ。まだ、走った後の余熱で暑いくらいなんだから。それに特性のカイロを背中にしょってるしね」

裕子は、ふふふと笑って、

「私はカイロかあ……」と、妙に間延びした声で言った。

何の根拠もなかったが、ぼくはその声音に何処か不吉な影の匂いを感じた。端的に言ってしまえば、それはあの何度となく感じてきた、喪失の予感と同質のものだった。この熱はたんなる風邪ではなく、若返り現象が次なる階梯に進んだことを示す、もっと重篤《じゅうとく》で、禍々《まがまが》しい局面の徴《しるし》ではないのか？　その考えは、冷たい液体となってぼくの血管に流れ込み、やがて胸の中いっぱいに満ち溢れた。

ぼくはペダルを踏みながら、なんども裕子に問いかけた。

――大丈夫？

――苦しくはない？

――寒いかい？

しかし、裕子はぼくの不安をよそに、どことなくくつろいでいるようにさえ見えた。

「熱ってさ」

ぼくの背中で裕子が言った。

「何だかいい気分になるね。お酒を飲んだ時みたいに。こんな気分ならいつも味わっていたいなあ」

「子供はお酒を飲んじゃいけないんだよ」

「私はねえ」

「うん」

「子供じゃないんだよ、24歳なんだから」

「ああ、でもお酒は駄目だ。身体に悪いからね」

もともと裕子はそれほどアルコールを嗜む習慣はなかったが、飲めばいくらでも飲めるという体質だった。そんな調子で、ぼくのいない間にワインのボトルを一本も空けるようなことがあれば、最悪急性アルコール中毒にすらなりかねない。よく言って聞かせる必要がある。

「裕子は確かに24歳だけど、身体の色んな機能は9歳とか10歳の子供ぐらいにしか働かないんだから、そのことをちゃんと考えなくちゃ駄目だ」

「わかってます。私を子供扱いしないで」

「はいはい」

後ろから右の耳たぶを思いっきり引っ張られた。以前なら、もう少し手加減してくれたものだが、最近は全く遠慮がない。凍えた耳は涙が出るほど痛かった。

30

家に着き、すぐに着替えさせてベッドに寝かせたが、そのころから彼女の熱は急に上がり始めた。悪寒に身を震わせ、寒い寒いと言う。もともと二人とも風邪には縁のない体質だったので、家には体温計も解熱剤もなかった。ドラッグストアーまで買いに出掛けようとも思ったけれど、彼女を一人にしておくのが不安で、ぼくはベッドの脇から動くことが出来なかった。

「寒いよ、悟」

苦しそうに喘ぎながら、うわごとのように彼女が言う。

「うん、今ストーブを点けたからね。もう少しで暖かくなるよ」

ぼくは彼女を公園に連れだしたことを、強く後悔していた。

このまま死んでしまったらどうしよう――

あまりにも裕子が辛そうに喘ぐので、ぼくは何度もそんなことを考えたりした。5分おきに裕子の額に手を置き熱を確かめたが、そんな方法で彼女の容態がわかるはずもなかった。

とにかく、ぼくは激しく動揺し、なすすべを失っていた。こんな裕子の姿を見るのは初めてだったし、それは実際以上に彼女を小さく、華奢で弱々しい存在に感じさせた。

裕子とぼくを囲む空間だけが現実の世界から置き去りにされたような、そんな気分だった。

ぼくは、ただ機械的に何分かおきに、裕子の汗で濡れた額の髪をかき上げ続けた。

やがて、一時間もすると彼女の容態もいくらか落ち着きを取り戻した。震えがおさまり、表情が幾分和らいで穏やかなものになった。しかし、相変わらず呼吸は速く、顔は赤く上気している。額に触れると、熱は最前よりも更に上がっているようにも感じられた。

そんなことってあるのだろうか？

あるいは、熱というのは、その上昇する過程のほうが、人に苦しみを感じさせるものなのかもしれない。

ぼくはこの時になってようやく、彼女の熱を冷ますことの必要性に気付いた。キッチンに行き、冷蔵庫の製氷室から氷を取りだし、それを洗面器に放り込むと水を注いだ。水が冷え切ったところで、タオルを浸し、軽く絞って再び裕子のもとへ戻った。

彼女は眠っているようだった。

額にタオルをのせると、小さな反応を見せたが、それでも目を覚ますことはなかった。

ぼくはそうやって、何度かタオルを交換しながら、彼女の眠りを見守り続けた。

裕子は時折、熱にうなされるように低く、不明瞭な声を発した。そして、「悟、悟……」と何度か小さな呟き声を漏らした。彼女が目覚めてぼくを探しているのかと思い、「ここにいるよ」と応えたが、何の反応もなかった。夢でも見ているのだろう。願わくば、その夢がすこやかなものであって欲しいとぼくは思った。目覚めればまた、苦しい肉体の感覚が待ち受けているのだから、せめて眠りの世界ぐらいはつらい思いをさせたくない。ぼくは彼女の夢を見守る番人になったような気持ちで、その寝顔をじっと見つめていた。

やがて彼女が大きくかぶりを振って、何かを拒絶するような仕種を見せた。

「ママ……」

彼女はそう言った後、閉じられた瞼の両端から一滴の涙を零した。抑えていた感情がこらえきれずに堰を越えて溢れ出た瞬間だった。彼女が多分、ぼくのためを思って秘めていた感情を、不当なやり方で見てしまったような気がして、ぼくは少し後ろめたい気分になった。

今まで彼女は両親との断交について、それを話題にすることは殆ど無かった。だが、幼い子供に戻ってしまった裕子にとって、親が、とりわけ母親の存在がどれだけ大きなものであったのか、その事実をあらためて彼女はぼくに教えたのだった。

それから30分ほどして裕子は目を覚ました。

「気分はどう?」

ぼくが訊くと、彼女は眉をしかめて、頭が痛いと訴えた。

「何か夢を見ていたみたいだね?」

ぼくは彼女の額のタオルを取り替えながら言ってみた。

裕子は焦点の曖昧な視線を宙にさ迷わせて、しばらく考えていた。

「覚えていない。何だったのかなあ――すごく悲しかった気分は残ってるんだけど」

ぼくは敢えて彼女には何も言わず、ただ黙って頷いた。そして冷蔵庫からミネラルウオーターを持ってくると、彼女に言った。

「かなり汗をかいたみたいだから、水分を摂ったほうがいい。身体起こせる？」

彼女は何かとても精密な機械を扱う人間のような慎重さで、ゆっくりと上体を起こした。

「気持ち悪い」

彼女はほんの少しだけボトルの中の水を飲んで、ぼくに返した。

「何だか部屋が大きくなったり小さくなったりしてるように見える」

再びベッドに横になりながら裕子が言った。

「熱のせいだよ。今から薬局に行って薬を買ってこようと思うんだけど、一人で大丈夫だよね？」

裕子は小さく頷くと、早く帰ってきてねと言った。

「うん。出来るだけ早く戻ってくるよ」

ぼくは言った。

「そうだ、何か食べたいものはあるかな？」

何もないと裕子は答えた。

「でも、何か食べて栄養つけなくちゃ」

裕子はしばらく考えてから、蜜柑、と言った。

「蜜柑なら食べられるかもしれない」

「わかった。じゃあ、店で一番美味しい蜜柑を買ってくるよ」

ぼくはコートを羽織ると玄関に向かい、少し考えてからランニングシューズに足を入れた。少しでも早く動けるようにと考えたからだった。

玄関を開け振り返ると、裕子がベッドの上からこちらを見ていた。目が合うと、微かに笑って彼女が何かを言った。それは囁きよりも小さな声で、ぼくには聞き取ることが出来なかった。

ぼくは、行って来るね、と言って、玄関のドアを閉めた。何だか泣きたくなったけど、その理由は自分でもよくわからなかった。

ぼくは駅前のドラッグストアーに向けて自転車を走らせた。

ひどく孤独な気分だった。あらゆる別離を先取りしてしまった人間のように、おそろしいほど心が冷えていた。すれ違う人々の誰もがよそよそしく、彼らはまるで書き割りの背景にペンキで描かれた簡素な人物画のように見えた。

結局、とぼくは思った。

ひとは皆ひとりでこの世界に生きている。あるいは、ひとは誰もが自分だけの閉じられた世界の中でしか生きられない、というべきか。そして、この地球上には60億の小さな世界が重なり合って、それでいてけっして交わり合うこともなく存在している。

本質的に、人間とは孤独な生き物なのだ。

そこまで考えて、ぼくはふと思った。

裕子はただの風邪じゃなかったのか？ それなのに、何でここまで深刻な気分にならなくちゃいけないんだ？ あの裕子の声にならない言葉が、まるで呪文のようにぼくの心をコントロールしているんだ。そうに違いない。

ぼくはかぶりを振って暗い気分を打ち払うと、ペダルを踏む足に力を込めた。

31

駅前のショッピングセンターの一階にドラッグストアーはあった。カウンターには白衣を着たすごい美人の女性が一人いるだけだった。チタンフレームの眼鏡が、彼女をこの場所に似つかわしくない人間のように見せていた。彼女にはもっとアカデミックな場所が相応しいように、ぼくには思えた。

例えば、国立図書館の司書カウンターとか。

ぼくが近付くと彼女は、にっこりと微笑んで首を傾げ、長い髪をかき上げた。何となく、ボンドガールのジェーン・セイモアを思い出したが、ぼくがジェームス・ボンドからほど遠いように、結局、彼女にもほんの幾つかの相似点があるに過ぎなかった。

例えば、生え際のラインとか、眉のアーチとか。

「薬をもらいたいんですけど」

ぼくが言うと、彼女は親密な笑顔を保ったまま、澄んだよく通る声でぼくに訊ねた。

「どのような症状なんでしょう？」

「熱があるんです」

彼女はてのひらをぼくのほうに差しだし、あなた自身ですか？と訊ねるような仕種をした。

「ああ、違います。妻です、熱があるのは」

「奥様は、喉や鼻の痛みを訴えてますか？」

「どうだろう？そう言えば、少し咳をしていたかもしれない」

それならばと言って、彼女は背後の棚から幾つかの薬の箱を取りだし、ぼくの目の前に並べた。

「これらの総合感冒薬がよろしいかと思います」

「どれを選べば良いんだろう？どう違うの？」

「そうですね、ビタミン成分が入っているとか、カプセルタイプになっているとか、眠くならないとか、様々ですけど」

ぼくは、そこでふと気が付いて、彼女に訊ねた。

「これは子供が飲んでも大丈夫ですか？」

彼女は一瞬ひどく戸惑ったような表情になったが、すぐに洗練されたプロフェッショナルの笑顔に戻った。

「何歳の――お子さまですか？」

「ええと、多分10歳ぐらいかなあ。背が１３５㎝ぐらいなんですけど」

奇妙な返答に聞こえたかもしれないが、彼女の答えに淀みはなかった。

「でしたら、子供用の感冒薬があります。そちらのほうが良いかと思います。糖衣錠で飲みやすくなってますし」

じゃあ、それをもらいますとぼくは言った。

「高い熱が続くようでしたら」と彼女は続けて、

「解熱剤を服用したほうが良い場合もありますけど」

「じゃあ、それももらいます」

「子供用で？」

「子供用で」

ぼくの配偶者の年齢が10歳であるという事実に関して、彼女がどのような考えを持っているのか、非常に気にかかることではあったが、ぼくはとにかく用件だけを済ませるように専心した。

「あと、体温計も下さい。出来るだけシンプルな構造のものを」

もともと体温計はシンプルに出来ている物なのだ。こんな注文を付け加えたぼくは、やはり少し動揺していたのかもしれない。彼女はカウンターから離れると、しかるべき場所にしかるべき順路で向かい、そこから「シンプル」な体温計をぼくのもとに持ってきてくれた。やはりその姿は、全ての目録を記憶している極めて有能な司書をぼくに思い起こさせた。

「お大事になさって下さいね」

会計が済んだ後、レシートをぼくに手渡しながら彼女が言った。

「あの――奥様でしたっけ？」

「そうです。妻です。どうもありがとう」

やっぱり気になってたんだ。でも、ぼくは彼女の疑念を解く間も惜しんで、急いで食品売場へと移動した。（第一、一体どうやって疑念を解こうというのだ？）

そこで一番良質の蜜柑を探そうとしたが、ぼくの果物に関する知識の乏しさから、結局一番高価な蜜柑を買うことでよしとせねばならなかった。

買ったものを自転車の前カゴに放り込み、今度は家を目指してペダルを漕ぐ。行きに感じた悲壮な気分は失せて、今は形容のしがたい高揚感がぼくを包んでいた。どのような道筋を経て、感情の転化がなされたのかはわからなかったが、これこそが夫としての正しい在り方であるとぼくは感じていた。あるいは男として。

そうだよね、ミスター・ジェームス・ボンド?

アパートに辿り着くと、ぼくは自転車を飛び降り、2段抜かしで階段を駆け上がった。しかし、部屋の前まで来ると、何故か臆した気分になり、束の間ドアを開けることをためらっていた。もちろん、それは本当に短い、数秒の間のことだったのだけれど、ぼくはその時間の中で随分といろんなことを考えていた。例えば、彼女の匂いがついたバスチエ(ささやかではあるけれど、それなりの成熟を示していた裕子の胸を象徴する一品)に顔を埋めて涙を流している自分の姿とか。

想像力がたくましいというのも考えものだ。特に、それが悪い方向を向いているときには。

ぼくは自分できっかけを作るように、ひとつ咳払いをすると、そっとドアを開いた。

部屋の中は静かだった。ぼくが求めていたのは、裕子の健やかなる寝息だった。

ぼくはランニングシューズを脱いで奥の部屋へと向かった。裕子は耳の辺りまで布団をかぶり、壁を向いて横になっていた。ぼくは息を殺して彼女の寝息を確かめようとした。あるいは、じっと目を凝らし、布団が呼吸に合わせて上下するのを見定めようとした。だが彼女はまるでゼンマイの切れた自動人形のように静かだ。悲観的予測はその割合が15%ぐらいしかなくても、残りの80%以上を占める楽観的予測と充分拮抗するぐらいの重さを持つ。

何故だろう？

その逆は決してないのに。

ぼくはすごく不安になって、思わず裕子に声をかけてみた。

「ただいま……」

何の反応もない。ぼくは少し大きな声で、もう一度言ってみた。

「帰ったよ、裕子」

おそろしく引き延ばされた2秒間の沈黙の後、彼女がくるりと寝返りを打って、ぼくの目を見ながら言った。

「寂しかったよ、悟」

32

とりあえず買ってきた体温計を裕子の口の中に差し込み、ぼくはあらためて薬の『使用上の注意』という部分を読んだ。どうやら、空腹での服用はいけないらしい。

「蜜柑食べる？」

ぼくが訊くと、裕子はうんうんと首を振った。皮を剥き、しぶをとった蜜柑を2個皿の上に載せ、彼女の枕元に置いた。電子音が鳴って、計測が終了したことを知らせてきたので、ぼくは裕子の口から体温計を引き抜いた。

デジタル表示された数値を読む。

『40・1℃』

ぼくは自分の見間違えだと思い、角度を様々に変えながら何度も確かめてみた。しかし、やはり数値は40・1で間違いなかった。

「何度だった？」

ぼくは余程深刻な表情をしていたらしい。

裕子が不安げな声で、そう訊ねた。

一瞬、嘘をつこうかという思いが頭をよぎったが、そういうことに不慣れなぼくは、殆ど反射的に答えてしまっていた。

「40度もあるよ、大変だ」

すぐにでも彼女を病院に運ばなくてはと、ぼくはその段取りを順を追ってシミュレートしてみた。けれど、混乱した頭ではなすべきことの順序が、まるで乱数表の数字のように全く脈絡を失っていた。

彼女を着替えさせたら、蜜柑を食べさせて、それからタクシーを呼んで――

いや、タクシーは前もって呼んでおくべきか。それから、日曜日でもやっている病院を探して――

違う！　これが最初だ。

「悟？」

裕子に呼ばれて、ぼくはカオスの世界から再びアパートの部屋に戻ってきた。

「何？」

「水が飲みたい」

「うん、わかった」

「それから、氷をもっとたくさん。ビニール袋に入れて身体を冷やすの」

「それより、病院に行かなくちゃ」

行きたくない、と裕子は首を振った。

「子供の時はいつも40度ぐらいの熱出してたんだもん。それでも家で治してたよ」

そうなのだろうか？どうも40度という熱の捉え方に、彼女とぼくの間では大きな開きがあるようだ。ぼくにとって40度の熱は明らかに重篤で危機的な状況なのだが、彼女はそれが周期的に訪れる生理現象のようなものみたいに言う。厭わしいが、しかるべき処置をすればやり過ごすことが出来る。ぼくはしばらく思案したのち、この場所で出来るあらゆる手段を施しても回復の兆しが見られなかったら、病院に行こうという妥協案を出した。

裕子はそれでいいと答えた。

そこでぼくらは「あらゆる手段」に取り掛かった。

まず、失われた水分を補給するためにカルピス（裕子の肉体の半分はこの飲み物で構成されていると言ってもいい。ようするに大好物なのだ）を飲み、喉が潤ったところで「一番高価な」蜜柑を食べた。値段のわりには質の劣る蜜柑だったのか、彼女は明らかに与えられたノルマを消化する人間の、いかにも受動的といった仕種で一房、一房、口に運んでいった。何だかオブラートに包まれたオレンジ色の粉薬を口に入れているみたいだった。

どうにか胃の中にものが収まったところで、感冒薬と解熱剤を服用する。

この薬、甘いよと裕子が言った。

子供向けだからね、という言葉をあやうく飲み込んで、ぼくはそれが当然であるかのように頷いてみせた。

それから急いで寝間着を着替えさせ（ぼくの動きはさながら自動車競争のピットクルーのように迅速だった）、再びベッドの温もった穴蔵の中へ押し込んだ。

着替えの時に見た裕子の身体は、何だかさらにまた小さくなったように見えた。上気した桜色の肌の下に、細く、いかにももろそうな肋骨が透けていた。コットン製の子供用ショーツに包まれた腰はあまりに薄く、かつての彼女の重みのある肉体の痕跡は何処にもなかった。ただ、脆弱さだけが感じられ、それがぼくの使命感のようなものを強くかきたたせていた。

ぼくは製氷室のありったけの氷を使って6つの氷嚢を作った。それを裕子の脚の付け根、脇の下、首、それに額と置いていく。

氷付けにされた彼女は、何だか献体することが決まった出来立ての死体のように見えた。

何とも趣味の悪い連想だったが、この状況では楽しい出来事を考えろと言われても、それは無理な話だった。

「寒くない？」

ぼくが訊くと、裕子はかぶりを振って、気持ちいいと答えた。20分も経つ頃には再び微睡《まどろ》み始め、やがて完全に寝入ってしまった。薬の中に含まれる何かの成分がもたらした眠りなのだろうが、その寝顔には何処かしら安らかなところがあった。

いつの間にか窓の外は暗くなっていた。

冬の夜は人生の終章のように、つねに思いよりも先に訪れる。あともう少し、未だもう少しと思っている間に、ぼくらはどんどんと暗がりの中へ運ばれていってしまう。さしずめ裕子なら、「そんなに欲をはっちゃ駄目だよ」とでも言うのだろうけど。

ぼくは昨日の残りのピザをオーブンで温め直し、それを夕食の代わりにした。歯ごたえの無くなったブロッコリーは、何故かぼくをひどくもの悲しい気分にさせた。あるいは単に、一人で食べる夕食に孤独を感じただけだったのかもしれない。こんな夜が5000回も6000回も続く暮らしというものを考えると、ぼくは人生の長さというのは、見る角度によって随分と違ってくるもんなんだなと、そんなふうに感じたりもした。

ぼくは裕子の眠りをさまたげないように、そっと氷嚢を取り替え、彼女の額に手をあてみた。先ほどよりは随分と下がったように思えたけれど、それでもまだ依然、高い熱であることに変わりはなかった。ぼくはタオルで裕子の額の汗を拭いながら、あらためて彼女の顔をじっと眺めた。

薄い唇や細い鼻梁、それに閉じられた目元にもかつての彼女の面影は残っている。確かに、この少女は裕子なのだ。

けれど――

ぼくはこの少女を愛しているのだろうか？

そう自問してみる。

もちろん、とぼくはすぐに答えることが出来る。大事に思ってるし、彼女を守ってあげたいと感じている。

でも、何かが違ってきているのは確かだ。

彼女の乳房はひとつの象徴に過ぎないけど、失われたものは、きっとそれだけではないのだろう。ぼくの彼女への想い、彼女のぼくに対する感情、その中に含まれている「乳房的」な何かも、きっとどこかへ消えていってしまったのだ。

そういうことだと思う。

33

夜中の12時頃に一度、裕子は目を覚ました。熱は38度7分まで下がっていた。再び寝間着を着替えさせ、カルピスを何口か飲ませると、彼女はまたすぐに眠りに落ちた。彼女の熱がいくらかでも下がっていたことで、少し気分が楽になったぼくは、今夜はこれで眠ることにした。

自分のベッドにもぐり込み、隣で眠る裕子を見る。

薄暗がりの中に裕子の白い顔だけがぽっと浮かび上がっている。何となく、高校の美術室に置かれていたミューズの塑像を思い出す。

永続性。

たとえば裕子も、あの塑像のように、いつまでもこのままでいてくれたらいいのにと思う。

以前の裕子に戻れなくても構わない、ただ、これ以上一人で時を遡行してしまわぬようにと、そんなふうに願ったりもする。乳房も、ぼくを迎え入れてくれる性器もいらない。ただ、触れることの出来る肉体を、そこに留めていてくれさえすれば、それでいいのに。

ぼくを一人残して、どこかへ消えていってしまわないでいてほしいと、そんなことを考えながら、眠りに落ちる。

34

朝、裕子に呼ばれて目を覚ました。時計を見ると6時を少し回っていた。

「悟？」

「うん……」

「おはよう」

「おはよう。具合はどう？」

「うん、大丈夫だよ。朝ご飯作れなくてごめんね」

「そんなこと気にしなくていいよ」

ぼくはベッドから出ると裕子のもとに行き、額に触れてみた。まだ、かなりの熱がある。

ぼくは枕元に置かれた体温計を彼女にふくませた。歯を磨き、顔を洗っていると小さな電子音が聞こえてきた。

「何度だった？」

「うん」

「え？」

「――39度――4分」

決して「大丈夫」な体温ではない。

「今日は、仕事休むよ」

ぼくが言うと、彼女はごめんなさい、と小さく呟いた。

「いいさ。まだ有給一日も使ってないし、仕事も何とでも都合つくし」

それより、とぼくは続けた。

「今日こそ病院に行こう。注射一本ですぐに治るよ」

裕子は何度も首を振って、行きたくないと言った。

「それに、病院で私のこと何て言うの？　妻ですって？　保険証の欄には、そう書かれてるんでしょ？」

「ああ、そうか……」

彼女に言われるまで全く気付かなかった。保険証には裕子を「妻」と記し、生年月日まで記載されている。

「じゃあ、保険証は忘れたって言うよ」

「だめだよ。そうすると、すごく高いんだよ、病院って。昨日の薬で充分だよ」

「そんなこと言ったって」

「大丈夫だって。自分でわかるの。今日の夕方にはきっと良くなってるはずだから」

「うん……」

結局、ここでも裕子に押される形で、彼女の言葉に従うことになってしまった。何だか、自分のほうが弱くて保護されている人間になったような気がした。

8時を過ぎて、職場に電話を入れると、藤沢クミが出た。妻が熱を出して、というと彼女は大丈夫ですか？　と心配そうな声で訊ねた。

「クリスマスのときも風邪をひいてましたよね。あれから治りきってなかったんですか？」

えっ？　と聞き返しそうになったが、かろうじて記憶庫の片隅からあの日の会話を見つけだすことが出来た。

「ああ、そうだね。そうかもしれない。きっとそうだ」

「お大事になさって下さい」

「うん。ありがとう」

裕子さんが羨ましいな、と彼女が独り言のように言った。何故？　と聞き返そうとしたが、じゃあ、という言葉を残して彼女は電話を切ってしまった。受話器をじっと見つめていると、裕子がどうしたの？　と訊いてきた。

「何故だろう？　裕子のこと羨ましいって言ってた」

「クミさんも風邪をひいて悟に看病してもらいたいのよ」

「そう？」

「うん」

何故だろう？

裕子が予言したとおり、彼女の熱は夕方には37度5分にまで下がっていた。そのころには、裕子のために読んで聞かせていた「斑の紐」も終章に差し掛かっていた。ほぼ、3頁につき1分の割合で熱は下がっていったことになる。

「裕子の言ったとおりだったね」

「うん。自分のことは、きちんとわかるのよ」

「そう……」

そして彼女は、自分が何処に行こうとしているのかも、きっとわかっているんだろう。全てを見通すホームズみたいに。そして、ぼくは、ただ狼狽えながら見守ることしか出来ないワトソンなんだ。

多分。

その日を境に、裕子はたびたび高い熱を出して寝込むようになった。

「今、思い出したけど」

裕子が言った。

「私、子供の時、すごく身体弱かったの。小学校も一年のうち半分ぐらい休んでいたような気がする」

「そして、そのたびにカルピスを飲んでしのいでいたんだ?」

「うん。だって、あれしか受け付けなくなっちゃうんだもん」

裕子は鼻に皺を寄せ、奇妙な表情でぼくを見た。

「もし、カルピスがこの世になかったら、私どうなっていたんだろう?」

「人間は、けっこう柔軟な生き物だからね、きっと代わりのものを見つけていたと思うよ」

「たとえば?」

「たとえば——スキム・ミルクだとか」

裕子は更に顔をしかめ、げーと吐く真似をした。

「あんなもの飲んでいたら、私は今とはぜんぜん別の人間になっちゃっていたと思うよ」

「そう?」

「うん、きっと」

そうかもしれない。何と言っても裕子の身体の半分はカルピスで作られているのだから。

それがもし、スキム・ミルクに入れ替わったら、やはり彼女は別の人間になってしまうのだろう。あるいは、別の生き物——たとえば、石を蹴飛ばす癖のある白い犬とかになってしまうのかもしれない。

3月の終わりに、裕子が再び熱を出し寝込んだときに、ぼくはひとつの決心をした。

ぼくは枕元に腰を下ろすと、荒い息をしている裕子に言った。

「この熱が下がったら」

「うん？」

「きみの家に行こう」

裕子は一瞬不思議そうな表情になり、うるんだ瞳でぼくを見た。

「私のうちはここよ」

「そうだね。だから――きみの、実家に行くんだ」

それは、しばらく前から考えていたことだった。たとえどんな形になるにせよ、裕子はもう一度両親に会っておくべきだ。冬に備えて栗鼠が木の実を集めるように、ぼくたちにも来るべき日に備えて、なすべきことがある。

「いいの？」

「いいも何も、裕子が望むのであれば、ぼくは出来うる限りの手助けをするつもりだよ」

「どうやって会えばいいのかな？」

「自然に……、嘘はいらない。混乱を招くような説明も必要ない。ただ、会えばいい」

「私……」

「うん」

「泣いちゃうかもしれない。不思議に思われるかな？　変なこだって」

「成り行きにまかせよう。きっとうまくいくさ」

「そうだね」

２日後の日曜日。

使い古された冬の日々が仕舞込まれ、手つかずのまっさらな春の日が、移動サーカスのぴかぴかのテントのように世界を覆っていた。

ぼくは裕子を自転車のうしろに乗せると、彼女の実家へ向けて走り出した。気持ちの良い陽気で、ぼくは何とはなしに「TICKET TO RIDE」を口の中でハミングしていた。裕子はぼくの背中で小さな咳を繰り返していた。冬の名残が彼女の口から零れだしているような、そんな感じだった。

「もうすぐだ」

「懐かしいね」

「どれくらいぶりかな？」

「２年ちかく経ってると思う」

「そうかな？」

「うん」

それは、ぼくにとっても懐かしい情景だった。高校の終わりから、20歳になる頃まで、何度となく訪れたことのある場所だったから。古い日本家屋で、庭には樫の木やミズナラ、金木犀が枝を伸ばしている。あの頃と少しも変わっていない。

ぼくは家の手前で自転車を停めた。

「ぼくはここで待っている。きみの両親と顔を合わすと面倒くさいことになりそうだから」

「うん」

裕子は硬い表情で頷くと、ゆっくりとした足取りで、自分の家の玄関に向かった。一度振り返って、何だか困ったような顔でこちらを見たが、ぼくが手振りで進むように促すと、彼女は意を決し、再び歩き出した。

裕子が玄関の門扉を開けると、どこからともなく老犬ジョンが現れて、力の無い鳴き声をあげた。

「ジョン！」

ジョンは裕子の脚に身を擦り寄せ、くんくんと鼻を鳴らしている。

「ジョン、元気だった？」

ジョンは目の前に立つ少女が裕子であることをきちんと認識しているようだった。その姿がたとえ白い犬に変わっていたとしても、ジョンならばきっと気付いたことだろう。

裕子はしゃがみ込むと、ジョンの頭に自分の頬を押しつけた。

「会いたかったよう、ジョン」

「あなた……」

いつの間にか、彼女たちのすぐ近くに裕子の母親が立っていた。裕子が顔をあげる。

母親は随分と長い時間、無言のまま彼女を見つめていた。

「裕子……？」

しかし、母親はなんとか現実の世界に踏み留まろうと、激しく思考を巡らせているようだった。

「あなた……誰？」

「わたし……」

「あなた――娘の裕子の子どもの頃にとても似てるの。ほんとうによく似ている」

「わたし――裕子です」

「裕子？」

母親は訝しげな表情で自分の娘を見つめていた。

「あなたも、裕子って名前なの？」

「――はい」

母性とは、理屈ではなく、もっと心の奥深いところから湧き起こる情動なのだろう。

裕子の母親は、ただ目の前にいる娘をかき抱きたいという一心で、あらゆる矛盾を遠ざけてしまった。24歳の娘が9歳の姿で戻ってきたのではなく、幼い頃の娘によく似た同じ名前の少女が偶然あらわれたのだと、そう思い込むことに決めたようだった。

母親はそっと裕子の琥珀色の髪に手を添えた。

「私の娘がね――もう結婚して、ずっと会っていないんだけど、あなたにとても似ているの。すごく、懐かしくて……」

「そんなに……似ているんですか？」

「ええ。そうね、とても似ているわ。あなたは――何処から来たの？　どうしてうちに？」

裕子は答えられずに押し黙ったままでいた。

「これも、何かの縁ね。少し、お話ししましょ？」

母親は初めから答えなど求めるつもりが無かったかのように、言葉を続けた。

「ねえ、あなたカルピスは好き？　お湯で作る、ホットカルピスはどうかしら？」

「はい」

「好きです」

「じゃあ、いらっしゃいな」

そして、二人は連れ立って家の中へと消えていった。

35

帰りの道すがら、裕子は終始押し黙ったままでいた。

裕子が家の中に招き入れられてから、目のふちを紅く染めて再び外に出てくるまでのおよそ40分間、そこで何があったのか、ぼくは彼女が自分から語り出すのをただ待つしかなかった。

アパートまでの道のりの半ばを過ぎたところで、ようやく裕子が口を開いた。

「悟」

「うん？」

「ありがとう、今日のこと」

「そう？ 会って良かったと思う？」

「うん、良かった」

裕子は頭をぼくの背中に押しつけた。微かな震えが伝わり、彼女が声を殺して泣いているのがわかった。

「――やっぱさ」

「うん」

「つらいよ。これでもう二度と会えないのかと思うと」

「また、会いに来たっていいんだよ」

裕子が首を振るのがジャケット越しに感じられた。

「決めたの。今日を最後にしようって。多分みんなが辛くなるから。こういうこと続けていると」

「そう？」

「うん」

9歳の少女の決意が、ひとつの結末を前提としてなされたことを思うと、ぼくはどうしようもなくやりきれない気分になった。

「多分ね」

裕子が言った。

「お母さんもお父さんも気付いてたみたいな気がする」

「裕子が裕子だってことに?」

「うん」

裕子はコクリと喉を鳴らした。涙を飲み込んだ音だったのかもしれない。

「それでね、お母さん言うの。娘の裕子の結婚に反対したことを今ではとても後悔してるって。私たちは間違っていたって」

「うん」

「私たちは、ただ娘に幸せになってもらいたかっただけなんだって、そう言ってお母さん泣いてた」

「裕子は何て答えたの?」

「何も言えないよ。もう、涙こらえるだけで精一杯だったもん」

「そう」

裕子はそこで黙り込み、ぼくはひたすらペダルを踏み続けた。

やがて、裕子が再び口を開いた。

「ホットカルピス――」

「ん？」

「お母さんが作ってくれた。おいしかったなあ」

「お母さんのホットカルピスか」

「うん。きっとお母さんだけが知ってる特別なつくり方があるんだよ」

「そうだね」

裕子はぼくのポケットからティッシュを取り出すと鼻をかんだ。

「お父さんがさ、私の子供の頃の写真とか持ってきて、似てる似てるって言うの。なんか、こう、じっと私の顔を見て、何かを確かめようとしてる感じだった」

「ふうん」

「また来てねって何度も言われた」

「真実を話してさ、それで――」

「だめ。それはしないの。悲しい真実なら知らないほうがいいもの。お母さんとお父さんには、私がずっと生きてるって、そう思っていてもらいたい。親より先にこの世からいなくなっちゃうなんて、すごい親不孝だもんね」

それは確かにそうなのかもしれない。でも、それで本当にいいんだろうか？　裕子は辛くないんだろうか？

ぼくの心を見透かしたように、裕子が言った。

「私の最後の時には、悟がいてくれれば、それでいいよ……」

アパートまで残り少なくなったところで、ずっと黙り込んでいた裕子がふいに言った。

「ほら」

「見て」

裕子は腕を伸ばし、ぼくの目の前に手を差し出した。

「ネックレス。お母さんがくれたの」

彼女の指の先でゆれていたのは、銀のプレーンなネックレスだった。

「お母さんがおばあちゃんからもらったものなんだって。裕子の結婚式の時につけてもらいたかったって、そう言ってた」

「うん」

「お母さんの願い、叶わなかったね」

「でもさ、ともかく、お母さんはそれを裕子に手渡すことが出来たんだよ」

「そうだね。私がもらっていいんですかって訊いたら、いいのよって、何度も肯いていた」

「お母さんはわかってたんだよ。裕子が裕子だってこと」

「そうかな」

「きっとね」

きっと——裕子の母親は束の間の夢を見ていたように思うかもしれない。時をずっと遡り、幼い頃の裕子に逢う夢を見て、そして望みを叶えたのだ。

「大事にするわ」

裕子が言った。

「お母さんのネックレス」

その日以来、裕子はいつもそのネックレスを身につけるようになった。もう彼女の指には大きくなりすぎた結婚指輪が、そこには吊されていた。

36

彼女が眠っている姿をぼくは眺めている。

月灯りに照らされた彼女の顔は青白く、まるで陶器でつくられているように繊細であやうげに見える。何かを言いかけたように、微かに開かれた唇から小さな寝息がこぼれ出ている。

ぼくはふと思う。

ひとの一生の呼吸の数は、生まれたときから決まっているんじゃないだろうか？　それをぼくらには見えない誰かが（それは死神かもしれないし、天使かもしれない）、じっと数え続けている。そして、決められた数まで数え上げると、彼らはその人間の魂を運び去っていってしまうのだ。

ぼくは眠っている裕子に、心の中で語りかける。

もっと、ゆっくり息をするんだ。

魂を連れていかれないように。

急がないで。

ゆっくりと。

まだ、ぼくにはきみが必要なのだから。

37

両親に会ったことが、裕子の心に何かしらの変化をもたらしたことは確かだった。彼女が時折見せていた大人びた物言いや、成熟した女性特有の柔らかな身のこなしはすっかり影をひそめてしまった。彼女の内面は急速にその見かけ上の姿に追いつきつつあった。

ぼくの妻は9歳であったし、明日には8歳になっているかもしれなかった。

今となっては、二人で連れ立って外に出掛けても、まわりの人間たちから奇異の目で見られることは殆ど無くなっていた。いささか苦しい部分はあるにしても、まわりはぼくのことを裕子の若い父親なのだと、そう認識しているようだった。

そんなわけで、ぼくは春になり暖かくなると、週末が来る度に裕子を外に連れ出した。日の光には何か人間を癒す力があるように感じられたし、それはとりもなおさず、今の裕子に必要なものだった。

裕子は春になっても、まるでそれが誰かと取り交わした約束事であるかのように、ほぼ半月ごとに熱を出して寝込んでいた。(律儀と言えば律儀だが、彼女は明らかに約束を交わす相手を間違えていた)

そして、熱がないときでも、その薄い唇のあいだから、胸の中の闇を吐き出すように、小さな咳を繰り返した。それは何かとても悲しい意味を持つ言葉のようにも聞こえたし、誰もいない無機質な部屋のテーブルに、そっと硝子のコップを置く時の音にも似ていた。

38

ぼくは裕子の手を引いて、自然公園の遊歩道を歩いていた。

おだやかな春の日差しに誘われたのか、ぼくらの前や後ろにも深緑の中の散策を楽しむ親子連れや恋人たちの姿を見ることが出来た。彼らはおしなべて幸せそうな顔をしていた。何故、公園に集う人々は、みな一様に幸福そうに見えるのだろう? 彼らだって、きっと様々な苦しみを抱えているはずなのに。聖夜という時と、公園という空間には、幸福ととても親和性が高いという共通の特性が備わっているのかもしれない。

やがて、大広場に出たところで、ぼくらはベンチに座り休憩をとった。デイバッグの中からミネラルウオーターを出し、裕子に渡す。

広場の中央では子供たちがサッカーに興じていた。点々と並ぶベンチでは、恋人たちが未来と夢について語り合っていた。

以前のぼくらもそうだったのだ。

18のぼくらはただでさえ幸福だったのに、それがこれから先もずっと続くのだという予感に、ひたすら圧倒されていた。

「あそこの木」

ぼくは広場を囲む桜の木を指さした。

「ぼくらが高校の頃は、まだ小さな苗木だったよね」

桜の木は互いに支え合うように、何本かずつ横木で括られていた。それはぼくに歯列矯正器を連想させた。

「うん。ジョンがさ、いつも掘り返そうとするんで、やめさせるのが大変だった」

ぼくはこうやっていつも裕子を試すように昔の話をする。そして彼女がそのことを憶えてて、こんなふうに言葉を返してくれると、とても嬉しくなる。

「初めてさ」

ぼくは言った。

「キスした場所、憶えてる？」

「うん。憶えてるよ。森の中の東屋だった」

「初めてペッティングしたのもあの場所だったよね。つまり、ぼくが初めて裕子の胸に直接触れた時って意味だけど」

裕子は少し不思議そうな顔でぼくを見返す。そんな顔をされると、ぼくは太陽から遠く離れた惑星に、一人置き去りにされたような気分になる。

「いつも、見回りのおじいさんが8時30分になると来るんだよね。駐車場閉まりますよお、車は大丈夫ですかあって」

しばらくしてから今度は裕子が言った。

「そう、そうだったね。あのおじいさんまだ元気かな？」

「きっと元気だよ。それで今日もまた言うの。駐車場閉まりますよお、車は大丈夫ですかあって」

「そう？」

「うん」

春の公園で、こんなふうに裕子と言葉を交わしていると、ぼくもまた幸福な人間の一人なんだなと、そんなふうに感じるのだった。

39

そうやって日々は流れていった。

世界は融通のきかない生真面目な男のように、ひたすら正確に時を刻み続け、ぼくらを毎日ちょうど一日分の未来へと運んでいった。（そして、裕子だけがそんな世界の仕組みの外で、自分だけの時を歩んでいた）

工場の跡地や雑木林の散歩道、そして時には町外れの陸上競技場のスタンドにまでぼくらは出掛けて、落ち葉のように降り積もった二人の思い出を拾って歩いた。

結婚一年目の記念日に二人で出掛けた、あのイタリアンレストランにも行ってみた。ぼくはミラノ風のポークソテーを、裕子はサラミのピザを注文したのだけれど、彼女はその半分も食べることが出来なかった。彼女の食の細さは、ひどくぼくを不安にさせた。記念日の時の彼女は、その細い躯からは信じられないくらい旺盛な食欲をみせていたのだ。この隔たりは一つの物差しとなって、これからの裕子を冷たく予見していた。失い続ける裕子にとって、何かを自分の中に取り込むという行為は、すでに必要のないことなのかもしれない。

さらにまた別の日には、電車とバスを乗り継いで、ぼくらの高校にも出向いてみた。

日曜日の昼時ということもあって、校内に人影は殆ど無かった。校門をくぐり、50 mほどのスロープを下ると、正面玄関に辿り着く。裕子はアスファルトの上に転がる小石を蹴飛ばしながら歩いていた。

「下り坂でそんなことやってると、転んじゃうよ」

「平気だよ」

だが、そう言った矢先に、彼女は石を蹴り損なって大きくバランスを崩した。とっさにぼくが手を出し支えたが、蹴り出した足に履いていた靴がすっぽぬけて、坂の下へと転がっていった。

「――ありがとう」

裕子が言った。

「どういたしまして」

「靴がね」

「うん」

「大きいの。もうゆるくなっちゃった」

「じゃあ、また買わなくちゃね」

「ごめんね」

「あやまることはないよ」

「でも――またお金使わせちゃう……」

いいんだよ、とぼくが小さな声で返すと、裕子はぼくの腕から離れて靴を拾いに行った。彼女の小さな後ろ姿を見つめながら、ぼくは心の中で呟いた。

お金のことなんて気にしなくていいんだよ――

きみは、もっと遥かにつらい出来事に堪えているのだから。

靴なんていくらでも買って上げるよ。

きみがずっと側にいてくれるなら、一万足の靴だって惜しくはないんだ。

裕子を連れてぼくは正面玄関から校舎の中に入った。来客用のスリッパに履き替え、しん、と静まり返った薄暗い廊下を進む。時折、グラウンドの方からクラブ活動をしている生徒たちの声が風に乗って運ばれてくる。

ぼくらは階段を昇り、3年の時に使っていた教室に向かった。

「何だか少し恐いね」

「恐い？」

「うん。誰かに見つかったら怒られそう」

「大丈夫だよ。ぼくらはここの卒業生なんだから」

「うん。でも、何だかそんな感じがしないの」

「そう？」

「うん」

教室は6年前と全く変わっていないように見えた。乱雑に並べられた机を眺めていると、あの頃のクラスメートたちの笑い声や、誰かが誰かに呼びかけている囁き声が聞こえてくるような気がした。

確かにぼくらはこの場所にいたのだ。

裕子は窓際まで歩いていくと、列の中程の席に腰を下ろした。そして振り返り、どこかその姿には似つかわしくない、妙に大人びた眼差しでぼくを見つめた。

17歳の裕子。

ぼくはゆっくり歩いていくと、彼女の後ろの席に座った。

裕子が言った。

「井上、井上はいるかあ?」

彼女は教師の声音を真似て、精一杯低い声を張り上げる。ぼくは黙って裕子の一人芝居に耳を傾けている。

「五十嵐、井上がどこにいるのか知っているか?」

そして地声に戻って、

「わかりません。知りません」

それから、身を震わせてくすくす笑い出した。

「ずっと?」

「そう、ずっといつもこうなの」

「どうしてかな?」

「何が?」

「どうしてぼくらは何度クラス替えしても、何度席替えしても、こうやっていつも一緒だったんだろう?」

裕子は長いことその大きな目をしばたかせて考えていたが、やがて、

「きっと、誰かが二人は一緒にいるべきだって、そう思ってくっつけてくれたんじゃないの?」

「そうなのかな?」

「うん」

でも、だとしたら、とぼくは心の中で再び問いかけた。

その、どこかの誰かは何故こんなにも早く二人を引き離そうとしているのだろう?

出逢わせておいて、深く結びつけておいて、それはあんまりじゃないのか?

「感謝しなくちゃね」

裕子が言った。

「その誰かさんに。おかげで私は最高に楽しかったんだから」

ぼくは胸を衝かれた思いで裕子を見た。

彼女は穏やかな顔でぼくを見返した。

「そう?」

「そうよ」

そして裕子は8歳でもなく24歳でもない、いつもぼくにその細い背中を見せていた17歳の頃の彼女の表情で優しく微笑んだ。

40

教室を後にしたぼくらは次にグラウンドに向かった。

校庭の一隅ではテニス部がコートの一面だけを使って、まるで誰かに遠慮するかのように、ひっそりと練習をしていた。彼らの他にはグラウンドに人影は全くなかった。彼らは誰に遠慮していたのだろう?

ぼくは裕子に言った。

「どうやら陸上部は消滅してしまったらしい」

「何でわかるの? 今日は日曜なんだから、練習休みでしょう?」

「そうだろうけど、ほら」と、ぼくは雑草が生い茂ってる場所を指さした。

「あそこがスタート位置だったんだ。それに、トラックのコースを示すラインも見あたらない」

「じゃあ」

「廃部になったか、存続していても幽霊部員がいるだけだか——いずれにしても、また
ひとつぼくの帰る場所が無くなってしまった……」

「そう？」

「うん。もちろん、心情的にと言う意味だけどね。ほんとうに帰るわけじゃない。でも、
やっぱり——そう、子どもの頃暮らしてた家がダムの底に沈んでしまったような気分に
なる」

「それは、すごく寂しいってこと？」

「いや、寂しいっていうより、せつなくなる」

「同じでしょ？」

裕子が背伸びをするようにして、ぼくの顔を覗き込みながらそう訊いた。

「いや、違うよ」

「わからない」

ぼくは暫く考えて、ぼくの中の概念を彼女向けの言葉に翻訳してみた。

「つまり——たとえば、ジョンのことを考えてみて」

「うん」

「彼女はもうすでに随分年をとっている。そして、遠くないうちに死んで、また土に戻っ
ていってしまうだろう」

うん、と裕子は俯きながら頷いた。

「そう考えたとき、胸が何だか苦しいような気分になるよね」

「なる」

「それが、せつないなんだよ」

「これがせつない……」

「そう。そしてジョンがもういなくなってしまい、その時彼女のことを思うと、胸の中に大きな隙間が出来たような気持ちになって、悲しくなる。——それが寂しいなんだ」

裕子は暫く俯いたまま押し黙っていたが、ふいに顔をあげると、

「うん。わかるよ。似ているけど違うんだね」

そして、知恵の輪を解いた子供のように無邪気に微笑むと、わかる、わかると繰り返した。

しかし、彼女はぼくが何故、せつない気分になったのか、その理由までは知らない。

せつなさは予感に似ている。

ぼくは荒れ果てたグラウンドを見たとき、どうしようもない喪失感に包まれ、それを「せつない」という言葉に置き換えたのだ。生まれ来るはずだった子供を失い、両親との繋がりを失い、そして、帰る場所を失って、さらにぼくは大切なものを失おうとしている。消えてしまったコースラインは、そんなぼくの未来を象徴しているように思えた。

「体育館に行ってみようか?」

「うん。行ってみる」

新体操部は、おそらく今日も練習しているはずだ。少なくとも裕子の時はそうだったし、それが名門校の正しい在り方だと思う。結果とは、多くの場合、費やした時間に与えられる報償なのだ。

体育館の入り口は開かれたままになっていた。中からは少女たちのみずみずしく力強いかけ声が聞こえてくる。

ぼくらはそっと中を覗いてみた。20人ほどの新体操部員たちが様々な手具を手に、体育館のよく磨かれた床の上を跳ねるように走り回っている。ぼくは、ほっそりとした躯つきの少女たちを見た途端、強烈な既視感におそわれた。しかし、それはつまるところ、6年前にぼくが見た情景が甦っただけに過ぎなかった。

17歳の裕子。

オレンジレッドのレオタードに華奢な躯を包み、誰よりも高く跳躍していた。

「私には戻る場所が残っていたみたいだね」

裕子がそっと小さな声でぼくに言った。

「そうだね」

「でも、私は戻れない」

「うん……」

「こんな姿になっちゃって、顧問の先生に会うことも出来ない」

「うん」

「こういうのは、せつないって言うの？　それとも悲しい？」

「きっと」

ぼくは少し考えてから答えた。

「せつなくて、そして悲しいんだと思う」

いや――本当は、裕子の心を表すことの出来る言葉なんて、何処にもないのかもしれない。帰る場所を失うことよりも、帰ることの出来ない場所が在ることのほうが、きっとずっとつらいことなのだと、ぼくはそう思った。

「帰ろう」

ぼくは裕子の冷たい手をとった。

「ぼくらの帰るところは、あのアパートなんだよ。あそこが全てさ。そして、ぼくら二人以外には誰もいなくたっていいんだ」

ぼくら二人は歩き出した。

「世界の広さや、繋がっている人間の数や、それに過ごした時の長さは大した意味を持たない。だって、幸せっていうのは、こんなに小さな胸の中にあるもんなんだからね」

裕子はそっと自分の胸に手をあてると、ぼくを見上げた。

「そうだね。この胸が幸せで一杯になったら、それ以上は何もいらないんだね……」

41

6月。

もう、何日も雨が降り続いている。

アパートにこもりきりになって、小さなガラス窓から外を眺めていると、ぼくは自分がゼラチン質の薄い膜に何層にも覆われてしまったような、そんな気分になる。

それにしても、雨はとめどなく降り続いている。冷たく透明な水が、朝も夜も休むことなく世界に注がれる。窓の外をナポレオンフィッシュが泳いでいったとしても、ぼくはたいして驚かないかもしれない。

裕子の熱は、もう4日も経つのに、いまだに下がる気配はない。着替えの寝衣も無くなってしまった。とりあえず洗濯して部屋の中に干しているけれど、いつまでたっても冷たく湿ったままだ。いずれにせよ、この寝衣ももう裕子には大きくなりすぎた。

彼女はおそらく今、7歳か6歳ぐらいの年齢にいるのだと思う。彼女はさらに小さく、やせ細ってしまった。

ぼくは裕子の額からタオルをとると、洗面器の水に浸した。そして、しばらくの間ぼんやりと水の中に漂う白いタオルを眺めていた。ふと気付くと、そんなぼくのことを裕子がじっと見つめていた。

「どう、気分は？」

「うん、夢を見ていたの」

「夢？　どんな？」

「大人の私が裸になって悟と抱き合ってる夢」

ふむ。

「なんか、あったかくて、気持ちが良かった」

「そう。いい夢だったね」

「うん」

ぼくは、作りおいたカルピスを裕子に飲ませながら言った。

「裕子」

「何？」

「ぼくは、明日は仕事に行かなくちゃならないんだ。これ以上休むと給料を減らされてしまうし、何よりも事務所に迷惑をかけてしまうからね」

「――うん」

「それで、裕子をひとり家に残して出るわけにもいかないから、人に来てもらうことにした」

裕子は不安そうな顔でぼくを見た。

「人が来るの？」

「そうだよ」

「誰？」

「心配しなくてもいい。裕子のこと良くわかってくれてる人だから」

彼女は束の間視線を落として考えていたが、やがて顔をあげるとぼくに言った。

「牧師さんの奥さん？」

「そう。依李子さんだよ。憶えている？」

「もちろん。忘れるわけないよ」

そう言いながら、しかし裕子は様々な出来事を忘れていく。まるで記憶という水を少しずつ小さな器に移しかえていくように、彼女の思い出は零れて、どこかへ流れていってしまう。

裕子は自分の胸元に手を入れると、そこからネックレスに通した結婚指輪を取りだし、ぼくに見せた。

「悟のも見せて」

ぼくは左手を裕子の目の前に掲げてみせた。

「この二つはずっと一緒にいさせてあげたいね」

裕子が小さな手でぼくの薬指を握りしめた。その手は熱く湿っていた。

「大丈夫」

ぼくは言った。

「きっと、そうなるよ」

「そう?」

「ああ」

「牧師さんの奥さんのおかげだよね。この指輪がここにあるのも」

「そうだね」

裕子が激しく咳き込み、ぼくの指から手を離した。ぼくは毛布ごしに彼女の背中をさすりながら、もう一方の手で裕子の口元にマグカップを運んだ。口を微かに湿らす程度含むと、裕子は首を振った。

「もう大丈夫だよ。もういい」

裕子は疲れた様子で、ベッドの上でしばらく荒い呼吸を繰り返していた。


「雨は嫌い」

随分たってから、裕子がぽつりと言った。

「また、森の公園に行きたい」

「治ればいけるよ。雨が止めば、もうすぐ夏が来る。そしたら白いワンピースを買ってあげるよ。それを着て、一緒に行こう」

「嬉しいなあ……ピンクのサンダルも買ってね」

「いいよ。ピンクのサンダルも買おう」

「ありがとう……」

それからしばらくして、裕子は再び眠りに落ちた。

42

翌朝、8時少し前に依李子さんはアパートに来てくれた。昨日、まだ裕子が眠っているうちに電話で彼女に事情を伝えていたのだ。依李子さんは裕子の看護を快く引き受けてくれた。彼女以外に頼める人間は思いつかなかった。だめならば、今日もまたぼくは事務所を休むつもりでいたのだ。

「どう、裕子さんの具合は？」

ぼくの顔を見ると、まず最初に依李子さんはそう訊ねた。

「まだ眠ってます。さっき熱をはかったら39度2分でした」

「そう……ずいぶん高い熱だわ」

いつもこうなんです、ぼくはそう言って彼女を部屋の中に招き入れた。

「あの頃よりずっと幼くなっちゃってますから驚かないで下さいね」

依李子さんはぼくのほうを見て小さく肯くと、そっとベッドに歩み寄った。枕元に立った彼女は、長い髪を手で束ねると、身を折るようにして裕子の寝顔を見つめた。微かに彼女の表情に変化があったが、それが何を意味するのか、ぼくにはわからなかった。

「確かにそうね。ずいぶん幼い印象だわ。6歳ぐらいかしら？」

「そんなもんだと思います。何だか最近若返りのスピードが早くなっているような気がするんです」

「そう……」

依李子さんは小さな身体を更に屈めて裕子の顔をじっと見つめた。こうやって見ていると、彼女たち二人は同じ造形家の手によって造られた、一対の塑像のように見えた。依李子さんは比較する対象物がないと、実際よりもずいぶんと背が高く見えた。多分、顔の小ささや手足の長さが、そう見せているのだろう。

「美しい顔ね」

彼女が言った。

「そうですね。でも――依李子さんも、とても美しい人だとぼくは思ってます」

「ありがとう」

彼女はぼくのほうに向き直ると、にっこり微笑んだ。

「あなたの口からそう言われると、とても嬉しいわ」

「そうですか？」

「ええ。だって、井上さんは心の中に無いことを口にする人ではないから」

「ああ——そうですね。そうかもしれません」

「短い付き合いでも、そのくらいはわかるの。生きていくために必要な能力ね」

ぼくは牧師から聞いた彼女の生い立ちを思い出した。

「多分」と、依李子さんは続けた。

「裕子さんがこれほどまでに美しいのは、あらゆるものを捨て去ってきたせいなのかもしれない。失うことの代償として彼女は美しさを得たんだわ」

そう言えば、とぼくは思った。依李子さんもまた、随分といろんなものを失ってきたんだ。戦禍によって両親を失い、生き延びるために故郷という拠り所も失ってしまった。

それが彼女の美しさの理由だとしたら、美とはずいぶんと悲しいものだ。

依李子さんが裕子の額に手を触れると、彼女はすっと目を開いた。夢の中の幸福の余韻に浸るような、穏やかな笑みを浮かべて、裕子は曖昧な視線を依李子さんに向けた。

「ああ、牧師さんの奥さんだ」

裕子が言うと、依李子さんはこっくりと肯いた。

「お久しぶりね。また会えて嬉しいわ」

「私も嬉しいです。結婚式、すごくよかった」

「そうね。最高の結婚式だったわ」

裕子は妙に畏まった顔つきになると依李子さんに言った。

「ありがとう、依李子さん」

「何かしら?」

「だって、依李子さんのおかげだもん、あんな素敵な結婚式が出来たのも。いつも思い出すと、心の中で言ってたんだ、ありがとうって」

依李子さんは、しばらく黙ったまま裕子の幼い顔を見つめていた。やがて彼女は、裕子の汗で濡れた髪を指で梳くと、徐《おもむろ》に口を開いた。

「私はただ、自分の喜びとなることをしただけ。私もすごく楽しかったのよ」

彼女は目を細め、心の中の遠い場所を見つめるような視線で宙を見遣った。

「もう、気付いてると思うけど、私たち夫婦には子供がいないの」

だから、と彼女は続けた。

「あなたたち二人が自分の子供のように思えて、すごく嬉しかったの」

「でも、依李子さんは、まだ若いじゃないですか。ぼくらが子供だなんて……」

彼女は笑みを浮かべてかぶりを振った。

「これでももう私、38よ。子供がいない女性はゆっくりと年をとるのよ。それに身体が小さいと実際の年齢よりも若く見られるの」

ぼくは10近くも彼女の年齢を読み違えていたことになる。確かに、それならば、ぼくはともかくとしても、幼い姿の裕子ならば、自分の子供のように感じても不思議ではない。

「私ね、子供の時、ベトナムにいたときなんだけど、その時にね、ある出来事があって、それで子供が出来ない身体になってしまったの」

「何があったの？」

それまで沈黙を続けていた裕子が、ふいに口を開きそう訊ねた。

「とても嫌なことよ」

依李子さんは重い溜息を吐くと、何気ない仕種で自分の爪を見つめた。彼女の爪はあまりにも小さいために、何だか作り物のような感じがした。一度マニキュアを買えば、5年ぐらいは保ちそうなぐらい小さな爪だった。

「戦争が起きると、ある一部の人たちは心のたがが外れてしまうのよ。カタン、て。そして日常では考えられないような残酷な行いをするようになる」

「ひどいことをされたの？」

「ええ。でも、私はまだましなほうかもしれない。とにかく、今こうして生きていられるのだから」

銃や爆弾が恐いんじゃないの、と依李子さんは言った。

「戦争で一番怖ろしいことは、そういったものを平気で他の人に向かって使えるように、人間の心が変わってしまうことなのよ」

依李子さんは、わかるかしら？というように首を傾げ、裕子を見た。

「でも――私だったら使わない。どんなことがあっても」

「そうね。もちろん裕子さんはそういう人だと思うし、多くの人たちがそう思ってる」

依李子さんは言った。

「でもね。そうでない人たちも必ず存在するの。10人の中に何人という割合で、どの世界、どの時代にも。ただ、その行いが罰せられないというだけで、平気で人を傷つけられるような人間、あるいは、もっと積極的に人を傷つけたいと願う人間が必ずいるのよ」

そういうのは嫌だなあ、と裕子が呟いた。

「出来るだけ小さな世界で生きることね。そうすれば、そういった人間たちと出逢う機会は少なくなるから」

そして、彼女は頬を緩め、

「もう、あなたたちの世界は充分に小さいのね。しかも閉じられてる。悪意は何処にも無いわ」

「そう、私には悟しかいないもん」

裕子が言った。何だかその言葉は誇らしげに響いた。

「幸せなことよ。何だか今の人たちは誰かと繋がろう、繋がろうって必死になってるみたいに見えるの。一人でも多くの人と繋がれば、それだけ得点が増えていくみたいに。まるで奥行きのない単純なゲームのよう」

犬の人生は短く、ぼくらの胸はこんなにも小さい。

つまりはそういうことだと思う。数を求めたとき、人は大事な何かを失うのだ。

「ねえ、時間は大丈夫？」

依李子さんに言われて、ぼくはテーブルに置かれた液晶時計を見た。

「ああ、そろそろ行かなくちゃ」

「裕子さんのことは心配しなくていいから」

「はい。お願いします」

ぼくは玄関に向かい、そこでローファーに足を通した。

「そう――牧師さんはお元気ですか？」

「ええ、元気よ。冬眠から醒めた熊みたいに忙しく動き回ってるわ」

「熊、ですか？」

「そう。白熊ね。北極に住んでるって言う。彼も北の方の出身だし。でも、寒さにまるで弱いの。冬の間は殆ど冬眠してるの」

ぼくは、緩慢な動きで部屋の中を歩き回る牧師の姿を思い浮かべた。

「なんだか、心が和む姿ですね」

「ええ、とてもチャーミングよ。彼を見てるだけで幸せな気分になれるの」

「いいですね」

「最高よ」

依李子さんは器用に片目を瞑ると、さあ時間よ、とぼくを促した。ぼくはベッドの中の裕子に、行って来るよ、と声をかけ家を後にした。

43

結局、裕子の熱がひくまで3日かかった。依李子さんは、3日間ぼくらのアパートに通い続けた。そのおかげで、彼女たち二人は、とても親密な関係になることが出来た。二人はもともと似たもの同士だったのかもしれない。

44

「依李子さん、いろんな話をしてくれたんだ」

「そう」

テーブルの向かいに座る裕子が言った。彼女の前にはコーンスープとロールパンが置かれているが、殆ど手は付けられていない。裕子は前にも増してやせ細り、強い光を帯びた瞳ばかりがひどく目に付くようになっていた。血の通った少女というよりも、どこかつくりものめいた印象がした。肌はあまりにも白く、汗に濡れエナメルのような光沢を放っていた。

「牧師さんの話も聞いたよ。すごく不思議な話」

「そう?」

「うん。でもね――」

「うん？」

裕子はそこで何かを言おうと小さな口を開いたが、言葉は唇のみぎわで泡のように消えた。そして、奇妙な長い沈黙の後、彼女はようやく牧師の話を語り始めた。

確かにそれは、不思議な話だった。

45

バードマンには3つ違いの弟がいた。

その下には更に3歳年下の妹がいたが、彼女はこの話の中ではほんの端役にしかすぎない。

バードマンと弟に兄弟としての相似点は殆ど無かった。バードマンは幼い頃から体が大きく逞しかったが、弟は月足らずで生まれたせいもあって、同年代の子供の中ではとりわけて小さかった。バードマンは実際的な人間であり、行動することによって結果を求め、力を信奉していたが、弟は夢想家で自分の頭の中より外には興味が無く、さながら言葉をしゃべる植物といった風情だった。そして、バードマンは神の存在を信じていなかったが、弟は敬虔なキリスト教徒だった。

しかも、彼はファンダメンダリストであった。根本主義。

弟は聖書に書かれていることを全て真実として疑わなかった。

どのような成り行きでそのようになったのか、家族の誰もが首を捻ったが、とにかく彼は何処に行くにもライナスの毛布のように聖書を携えて歩いていた。言葉や文字は聖書を通じて憶えたようなものだった。

まずはじめに聖書ありきというわけだ。

バードマンはそんな弟を疎ましく思い、ことあるごとに彼の信仰を揶揄していた。弟は逆らうでもなく、いつでも穏やかな笑みを浮かべ、無言でそんなバードマンを見つめ返すのだった。


事件はバードマンが13歳、弟が10歳の時に起こった。

2月の終わりの金曜日、バードマンは悪友二人と共謀して、弟をちょっとした罠にはめる計画をたてていた。

灰色の空が暗褐色に染まり、間もなく日が暮れようとしている時刻、バードマンと友人、それに弟の四人は町外れの教会の前にいた。教会より先は原野だった。昨日まで降り続いた雪が地表を覆い、辺りは白一色に染まっていた。

バードマンは友人たちと目配せしあうと、くすくす笑いながら弟の肩に手を置いた。

「さて」と彼は言った。

「お前も知っているように、俺たち三人は今、教会の出入りを禁じられている（教会の裏手にある墓地の門に、罰当たりな4文字をスプレーしているところを牧師に見つかったのだ）。だが、俺たちだって神様に祈りを捧げる権利はあるはずだ」

「お兄ちゃんは神様を信じていなかったんじゃないの？」

「いや、そんなことはない」

バードマンは弟に深く考えるいとまを与えないように早口で言葉を続けた。

「とにかくだ。俺たちはこれから教会の中に入り、祈祷書に則って礼拝の儀式を執り行う。それにはどうしてもお前の協力が必要なんだ」

バードマンは弟のコートの内ポケットの膨らみを指さした。そこにはいつも聖書が収まっていた。

「お前は聖書の中の気の利いた言葉をいっぱい知っているし、日曜礼拝を欠かしたこともない」

「でも、牧師さんは今日、ニューカッスルまで出掛けてるんだ。教会は閉まってるよ」

「それは大丈夫さ」

友人の一人、コリンがコートのポケットから真鍮の鍵を取り出した。彼はこの町でただ一軒の雑貨屋の息子だった。

「合鍵だ。牧師がうちに鍵をつくりに来たときに念のために作っておいたんだ」

彼らはこの鍵を使って、牧師が留守の時を見計らっては何度も教会に忍び込んでいた。店でくすねてきた酒を飲み回し、質の悪い嫌な味のする煙草の煙をくゆらせながら、大人たちの悪口を言うのに、これほどうってつけの場所はない。

「勝手に入っちゃ駄目だよ」

弟の言葉にコリンが大仰に仰け反って見せた。

「俺たちは罪人か？」

「馬鹿を言え」

バードマンが言った。

「神様がそんなけちくさい事を言うか？　神様は年中無休で営業中なんだよ。牧師がいようがいまいが関係ないさ」

それでも弟は反論を唱えたが、コリンが構わず教会の施錠を解き、赤松で出来た重厚な扉を押し開いた。もう一人の友人、ウィルがまず先に礼拝堂に足を踏み入れた。

「冷えるな。まるで氷室みたいだ」

その後から三人が（しぶしぶ従う弟を中に挟んで）ウィルに続いた。

バードマンには見慣れた情景だったが、弟は人気のない薄暗い礼拝堂にひどく圧倒されている様子だった。足を止め、窓から差し込む弱い光に照らされたキリスト像をじっと見つめている。

「いけないよ、やっぱり……」

弟が呟くように言った。

「大丈夫だ」

バードマンは弟の肩にそっと手を置いた。

「もし、これが許し難い冒涜であるなら、俺たちはそもそも中に入ることすら出来なかったはずだ。神様は全能なんだろ?」

そして、さあ、と弟の背を押しやった。

「祭壇に行くんだ」

弟は見えない糸に引かれるように、半ば抗いながら、それでも弛むことのない足取りで祭壇へと向かっていった。

バードマンと友人たちは目配せしあうと、少しずつ後ずさりを始めた。弟が祭壇に辿り着く頃には、彼らはすでに教会の入り口に達していた。

「やあ、聖なる我が弟よ」

バードマンの言葉に弟が振り返った。

「お前の信仰心を試す絶好の機会を与えてやろう。これから一晩かけて、お前はひたすら神に祈り続けるんだ。お前の信仰が本物なら、寒さも餓えも気にはならないだろう。明日の朝になったら迎えに来てやるよ」

弟は奇妙なほど穏やかな表情でバードマンを見つめていた。バードマンはその視線に一瞬臆したが、怯む心を抑えて教会の扉を思い切り閉めた。

扉越しに怒鳴るように言い放つ。

「神の奇跡があらんことを！」

そして友人二人を従えて教会を後にした。

勿論、彼らは弟を朝まで閉じ込めておくつもりなど、はなから無かった。そんなことをしたら凍死しかねないし、家族たちも騒ぎ出すだろう。ほんの一時間も閉じこめておけば、それで充分だった。飢えと寒さ、そして闇の恐怖に打ち震えて、あの取り澄ました上品ぶった顔を歪ませるところを眺められれば、それで満足だったのだ。

『おいおい、神様は助けてくれなかったのか？』

そう訊ねられたときの弟の顔を拝むのが待ち遠しかった。

彼らはきっちり一時間後に教会に戻ってきた。息を殺し、中の様子を窺う。

「何も聞こえないな」

コリンが言った。

「てっきり泣き喚いているかと思ったが」

バードマンが無言で促すと、コリンは施錠を解いた。そっと扉を開く。

中は黒い闇で塗り込められていた。

「灯りは？」

「主電源が切ってあるんだ。繋いでくるか？」

「いや、人に気付かれるとまずい。携帯ライトで充分だ」

彼らは手にしたペンライトで礼拝堂の中をくまなく照らしてみた。だが、弟の姿は何処にもなかった。

「おい！」

バードマンが怒鳴り声をあげた。

「出てこい！　何処にいるんだ！」

ウィルがバードマンの肩を叩いた。

「いないよ。もう充分探した」

「でも」

バードマンは激しく手を振り回した。

「こんなことってあるか？」

「鍵はしっかりかかっていた」

コリンが言った。

「あそこ以外に出入りは出来ない。お前の弟は何処に消えたんだ？」

「知らないさ。天使にさらわれちまったのか!?俺が訊きたいよ」

「とにかく、外に出よう」

彼らは手分けして教会の廻りを探すことにした。礼拝堂を中心に徐々に範囲を広げてゆき、最後には半径500mにまでその円を伸ばしてみた。

しかし、弟は見つからなかった。

時刻はすでに8時をまわっていた。三人はすでに手に抱えている問題が、自分たちでは支えきれなくなっていることに気付いていた。幾つかの事柄が天秤の両皿に載せられ、結局、弟の身の安全が何よりも重いのだという結論に達し、彼らは町の大人たちに助けを乞うことにしたのだった。

教会での出来事は省いて、とにかく弟が行方不明になったことだけを親や警察の人間に伝えた。

捜索は夜を徹して行われた。バードマンは焦燥感で、胃の底がこげつくような気分を味わっていた。罪の意識はあったが、それ以上にどこかことの成り行きの理不尽さに苛立ちも感じていた。弟の安否を気遣い、彼は捜索隊の先頭に立ち、雪の原野を走り回った。

46

弟発見の一報をバードマンが聞いたのは、日付が変わった土曜の明け方、もうすでに東の空が白み始めた時刻だった。

後に第一発見者となった青年が語った話によると、弟は町外れから北に3マイルほど向かった先にある、深い森の中にいたということだ。彼は樹の根元に蹲《うずくま》るようにして横たわっていたという。

青年は更にこう付け加えた。

「それが、不思議なことに足跡が全くなかったんだ。森の中にも30cmほど雪が積もっていたんだけど、木曜からこっち、雪は全く降ってなかったからね。彼が歩いてあの場所に行ったんなら必ず足跡が残ってたはずなんだ。でも、無かった。彼の周りはまっさらな雪が積もっていて、なんだか絹の毛布にそっと置かれているように見えたんだ」

これを、どう解釈すればいいのだろう?

弟はことの顛末をなにひとつ語ろうとはしなかった。頑なに口をつぐみ、ただ悲しげな笑みだけを、言葉の代わりにまわりの人間に注いでいた。むろん、これはバードマンたちにとっては好都合ではあったが、それでも弟の口から真実を聞いてみたいという強い欲求は常にあり続けた。

弟は衰弱している上に、肺炎を起こしかけていた。ベッドに横たわり、点滴のチューブに繋がれた彼は、弱く浅い呼吸を繰り返し、うつろな目でじっと天井を見つめていた。

例えどんなに理不尽な成り行きによって、このような結果がもたらされたのだとしても、やはりその最初の契機となる駒に指をかけたのは自分なのだという思いがバードマンの心を重くしていた。

バードマンは時間の許す限り、弟のベッドの横で彼の寝顔を見守り続けた。それは、あるいは無意味な行為であったかもしれないが、バードマンは自分が弟から目を離した隙に、何か良くないことが起きるような気がして、それが不安でならなかった。

日曜日の夕刻になる頃には弟はベッドの上で身を起こし、温めたミルクを飲めるようになるまで回復していた。家族が階下に降りて弟と二人きりになると、バードマンは今まで抑えていた疑問の言葉を初めて口にしてみた。

「一体、何かあったんだ？」

弟は熱で潤んだ目を、じっとバードマンに向けていたが、やがてゆっくりとかぶりを振った。

「言えないんだよ、お兄ちゃん。誰にも言わないって約束したんだ」

「約束？」

弟は自分が口にした言葉を手にとって吟味するように、左手の指先を無言で見つめていた。

やがて、

「そう、約束なんだ」

彼は言った。

「とても、とても大事な約束なんだ。そしてそれは他の誰かに話しちゃうと、うまくいかないんだよ。だから、言えないんだ。それがみんなのためなんだ」

「みんな？　だいいちお前は一体どこの誰と約束を交わしたって言うんだ？」

弟は不思議なものを見るような目でバードマンを見返した。

「誰って、神様に決まってるじゃないか」

「神様？　おい、よしてくれよ」

バードマンが怒りを孕んだ耳障りな笑い声をあげると、弟は悲しげな表情で視線を白いベッドカバーに落とした。

そして、長い沈黙の後、そっと囁くように言った。

「奇蹟を求めたのは、お兄ちゃんのほうだったんだよ」

47

弟が死んだのは、その三日後だった。

まわりの誰もが予期し得なかった唐突さで、彼は死んでしまった。（もしかしたらバードマンだけがそれを予感していたのかもしれない。弟はバードマンが外出した僅かな時間を選ぶかのようして、その間に死んでしまったのだ)

医者は回復に向かっていると診断していたし、事実弟は日毎に元気を取り戻しているように見えた。

だが、彼は目に見えないしるしを額に刻印されていたのだ。彼岸への道行きを定められた者として。

弟の死に関してバードマンを責める者は誰もいなかった。だが、誰よりも彼自身が自分を赦すことが出来ずにいた。彼はこの時、15になったら家を出る決心をした。

この家で暮らすことは出来ない。

それは赦されないことだ。

いや、そもそもこの世界のどこにも自分が存在していい場所なんてありはしないのだ。

48

弟の死から7週間が過ぎた。

その日、バードマン一家はアバディーンにある大叔父のウィリアムの家を訪ねることになっていた。霧が深く、ひどく寒い日だった。両親と妹と共にバードマンは国道に向かう石畳の道を重い足取りで歩いていた。ウィリアムは肝硬変を患っており、夏までは保つまいというのが主治医の見立てだった。90に届こうかという年齢だったし、無類の酒好きだったので、それもまたいたしかたのないことだろうと、まわりの者たちは考えていた。とにかく、意識があるうちに一度、彼のもとを訪ねなくては、とバードマンの父が言い出し、今日の道行きになったのだ。

国道に出て半マイルも歩くと路線バスの停留所に辿り着いた。

最前から小糠雨が降り出し、視界は老人の見る光景のように濁っていた。

停留所でバスを待っていると、一人の初老の男がそっとバードマンの肩を叩いた。訝しむ視線を男に向けると、彼は一枚の黄ばんだ紙をバードマンに差し出した。彼は受け取り、そこに書かれていた文字を読んだ。

『神とともに生きよ』

その拙い筆跡に、彼は見覚えがあった。

「このメモをどこで？」

男は無言で町の中心に向かう通りの先を指さした。バードマンが指の動きを辿るように視線を移すと、一人の少年がちょうど通りの角を曲がって行くところが見えた。

薄い肩、細い首、赤茶色の巻き毛。

見間違いようが無かった。

「父さん、ちょっと待ってて」

バードマンはそう言い置くと、少年が消えた路地に向かって走り出した。

弟だ。

バードマンは確信していた。

だが、同時に、

（彼は何者なんだ？）

ふくれあがる疑問が胸の中で渦巻く。これが「奇蹟」というやつなのか？

路地のとば口に辿り着いたバードマンは、雨に濡れた石畳の先に目を凝らした。微かに白いシャツが薄暗がりの向こうで揺れているのが見えた。

バードマンは再び走った。しかし、また次の四つ辻に差しかかったところで弟の姿を見失う。彼は左右に延びる道を確かめた。右手の細い路地を行く弟の姿が見えた。

再び走る。

そしてまた、弟は次の角へと消えていく――

そうやって15分も追い続けただろうか、いつの間にかバードマンは弟の姿を完全に見失っていた。薄暗い裏路地に立ち竦み、彼は荒い息を吐きつづけた。

おそらく、と彼は思った。俺が弟に追い付くことなんて、決してありはしないのだ。

何故なら、俺が捕らえようとしているのは、あいつの亡霊なのだから。

バードマンは手の中で湿って丸くなっているメモ書きのことを思った。


『神とともに生きよ』


それを言うために、あいつは俺の前に姿を見せたのか？ これがあいつの言った「約束」なのか？

バードマンは弱々しくかぶりを振ると、家族が待つ停留所に向けて歩き出した。

49

バードマンが戻ると、父親が矢継ぎ早に質問を投げかけてきたが、彼は面倒くさそうに首を振ってその全てを受け流した。父親はバスを一台乗り過ごしたことに腹を立てていた。

雨の中で次のバスが来るまで待ち続けるのは、確かに気分のいいことではなかったが、バードマンは敢えて平然とした態度をとり続けた。

何気なく辺りを見回してみたが、メモ書きを渡した初老の男の姿は何処にもなかった。

ひどく長く感じられる時間が過ぎたのちに、ようやく次のバスが来た。バードマンは家族とともに乗り込み、車窓からもう一度、停留所を眺めてみた。しかし、やはり男の姿はなかった。

もしかしたら、あの男もまた亡霊のひとりだったのかもしれない。

15分も乗り続けたところで、バスがいきなり停まった。

「どうしたんだ？」

乗客の一人が訊ねると、運転手は車内の全員に聞こえるように大声で怒鳴った。

「この先で事故があったらしい。道が封鎖されている。ちょっと調べてくるから待っててくれ」

しかし、乗客たちはみな好奇心に駆られて、運転手の後からぞろぞろと外に出ていった。バードマンは腰を浮かしかけた父親や妹を制すと、「俺が行って来る」と声をかけて、他の乗客の後ろに続いた。道はちょうど長い橋に差し掛かるところだった。

先に現場を見てきた運転手が青ざめた顔で戻ってきた。

「どうした？」

ひとりの乗客が訊いた。

「バスが橋から川に転落した……」

運転手が唇を震わせながら言った。

「うちの会社のバスだ――俺らの前にバス停を出た車が落ちたんだ……」

つまりは、それが「約束」であり「奇蹟」だった。

弟は彼が神と信じる何者かと約束を交わした。自分の命を差し出す代わりに、家族を事故から救って欲しいと。そして、それは叶えられた。転落したバスには25名の人間が乗っていた。そして、その中で生存者はたったの2名だった。バードマン一家は、死の深い淵のみぎわまで突き進み、(そうとは気付かぬまま)そこからきびすを返し、再び生者の世界へと生還したのだった。全ては一枚のメモ書きのおかげだった。

『神とともに生きよ』

そして、バードマンはその言葉に従った。

50

「しかし、今でも私にはよくわからないのです」

随分と時間が過ぎてから、バードマンからあらためてこの時の様子を詳しく聞いたときに、彼はそんな言葉を口にした。

「弟が約束を交わした相手が神だったのかどうか。あるいは、それは別の誰かだったのかもしれません。神は見返りを求めないものなのだと、私はそう思うのです」

「牧師さんの話を聞いて、私、ああそうだなって思ったの」

裕子が言った。

「何が？」

「約束よ」

「約束？　どういう？」

「言えないの。秘密なの。誰かに言うとだめになっちゃうの」

「牧師さんの話？」

違う、と裕子は首を振った。

「私の話」

彼女は小さく咳をすると、濡れた瞳を窓の外に向けた。

「秘密なの」

彼女の言葉がいつになく悲しげに響いて、ぼくの心を落ち着かなくさせた。

51

季節が緩やかに移ろう中で、ぼくらの日々は淡々と過ぎていった。

今年の夏はあまり気温が上がらず、7月の終わりでも時折、肌寒い日が続くことがあった。ぼくは裕子の身体を心配したが、冬に比べれば彼女の体調は随分と安定しているように見えた。とは言え、裕子は殆ど食事を摂らなくなり、風邪でもないのに、昼間からベッドで横になっていることが多くなったのも事実だ。ぼくと離れることを不安がり、仕事を終え家に戻ると、涙で頬を濡らしながら眠りについている彼女を見る日もあった。

ぼくは彼女に寂しい思いをさせないようにと、携帯電話を持つことにした。そして、アパートの電話器に携帯電話の番号を登録しておき、ボタンひとつ押せばぼくのことを呼び出せるようにセットしておいた。（5歳の彼女にとって、あの携帯電話の長い番号を間違わずに押すのは、大変な努力を必要としたから）

仕事中は大事な用件以外はかけてはいけないと言っておいたので、裕子はいつも昼休みにぼくの携帯電話にコールしてきた。

「悟？　いま、何してたの？」

「昼の弁当を食べているところだよ」

「そう」

「裕子は？　何してた？」

「何もしてないよ。悟が帰ってくるのを待ってるの」

「ねえ」

「うん？」

「ずっと、そういうふうにしてると時間がどんどんと伸びていっちゃうんだよ。本を読むとか、ＴＶで料理番組を見るとか、なにか他のことをしていれば、ぼくはすぐに帰ってくるから」

「何もしたくないの。悟？」

「何だい？」

「さみしいよう。早く帰ってきて」

「うん。でも、夕方まではちゃんと仕事をしなくちゃ。そういう決まりなんだから」

「そうなの？」

「そうなんだ。我慢出来るね？」

「でも――とってもさみしいんだ」

「うん。わかるよ。でも、もう少しの辛抱だから」

「――うん」

そうやって、ぼくらは毎日昼になると同じような言葉を繰り返した。何だか世界にふたりきりになってしまったような気がして、ぼくは通話を終えると、あらためて自分の周りを見回すのだった。

藤沢クミが不思議そうな顔でぼくを見ていた。

何だか、テレパシーみたいだね、と裕子が言ったことがある。

そう、確かにそうだ。そして、それは限定され、閉じられた世界だけで交わされる、親密なコミュニケーションだ。ぼくのケータイは裕子とだけしか繋がらない。世界でたった二人だけのテレパスが、ようやく相手に巡り会えた時も、やっぱりこんな気分だったんだろうかと、ぼくは思ったりもした。

52

ぼくは、裕子を私立の保育所に預けることにした。彼女をひとり、アパートに置いておくことはとても心配だったし、ぼくを待つことだけに心を囚われて、無為に時間を過ごすことが、何だかすごく勿体ないことのように感じられたのだ。誰しもが有限の時を与えられて生きてはいるのだけれど、彼女に残された日々はあまりに短いのだから。

自分の妻を保育所に預けるという行為が何を意味するのか、ぼくはしばらく考えてみた。もしも、そのことによって彼女の自尊心が傷つくとか、そういったことがあるなら、ぼくもこのプランを諦めただろう。

けれど、どうやらその心配は無用のようだった。もしも、彼女が嫌がる理由があるとすれば、それは5歳の少女にありがちな、未知な場所への不安だとか、新しい人間への人見知りだとか、そんなものだったと思う。しかし、彼女はとくにそういった不安を見せるでもなく、保育所に行くことを承諾した。

その前の晩、ぼくは裕子の髪を切ってあげることにした。新しい人に出会うときには、少々めかし込んでいくのが礼儀というものだろう。

床に新聞紙を敷き詰め、その中央に椅子を置き裕子を座らせた。編んでいた髪をほどくと、その毛先は背中の中程にまで達していた。全ての成長が逆を辿るのに、髪だけが伸びていくのも、何だか不思議な気がした。ぼくは慎重な手つきで、少しずつ彼女の髪にはさみを入れていった。後ろ髪は肩胛骨の下で揃え、前髪は眉が出る位置で真横にカットしていった。素人の手だし、裕子がくすぐったがって何度も身じろぐものだから、仕上がりは上出来とは言い難かったけど、それでも前よりはずいぶんとさっぱりとした印象になった。彼女はとても気に入った様子で、何度も鏡の前に行っては、その姿を確かめていた。

以前は――裕子が若返りを始める前は、彼女がぼくの髪をカットしていた。お金が無かったし、ぼくの場合日に会う人間がせいぜい2、3人という生活だったから、わざわざ理容室に行くことも無いと考えたのだ。

「あなたの髪はすごいくせっ毛ねえ」

彼女はいつもそう言っていた。

「まるで、藪の中を鉈を手に切り進んでいくみたいだわ」

「そんなにひどいかな？」

「アマゾンを相手に焼き畑農業をしていく気分よ」

「でもさ」

「ええ」

「人間の身体って、全てが曲線で出来ているんだから、髪の毛だってくねっていていいと思うんだけどなあ。髪だけがまっすぐだなんて、何だか不自然だよ」

「不思議な理屈ね。ふつう、人はそんなふうには考えないものだけど」

「そうかな？」

「ええ。でも──私の髪は好きなんでしょ？」

「そうだよ」

「まっすぐで不自然だとしても？」

「もちろん」

「ありがとう。私もあなたのくるくるの髪の毛が好きよ」

そんな日々があったのだということを、最近ぼくは、時々忘れそうになる。

入所初日、ぼくらは慌ただしく朝の行事を済ませると、いつもよりも15分ほど早くアパートを出た。裕子を自転車の後ろに乗せ、駅前のビルの中にある保育所を目指す。

「どう、何か心配なことはある？」

「大丈夫、へいきだよ」

「他の子供たちとうまくやっていけるかな？」

「うん。私、子供は大好きだから」

彼女はときとして、こんなふうに大人の女性のような物言いをすることがある。外見や振る舞いはどう見ても幼女なのに、記憶の断片が彼女の心に奇妙な両義性をもたらしているのだ。

ビルに着くと、ぼくは裕子の手をとってエレベーターの脇にある階段を昇った。彼女の手は冷たく、その緊張が握りしめる指の強さから伝わってきた。

「裕子」

ぼくは言った。

「うん？」

「仕事が終わったら、真っ直ぐ急いで迎えに来るからね」

「うん」

「それまで、ゆっくり楽しんでおいで。友達がたくさん出来るよ」

「そうだね」

けれども、彼女の指先は、ずっとぼくの手を強く握りしめたままだった。


保育所に着くと、ぼくは迎え出てくれた保母の女性に裕子を預けた。彼女はとても若く、快活な印象の女性だった。ぼくの顔を見て、束の間何かを測るような表情になったが、すぐに微笑むと、

「ずいぶん若いお父さんなんですね」と声をかけてきた。

ぼくは何も言わずに笑みを返した。

「ええと、お嬢さんのお名前は？」

「裕子です」

「ゆうこちゃん。素敵なお名前ですね」

「ありがとう」

ぼくは二人の会話を黙って聞いている、傍らの裕子に目を遣った。何かしら、こういったやりとりが彼女を傷つけているような気がしたのだ。しかし、裕子は無表情のまま、フロアーで遊ぶ子供たちをじっと眺めていた。

「くわしいことは先日すでにお聞きしてますが、なにか特に付け加えるようなことはありますか？」

ぼくは暫く考えてから、

「彼女はずっと長い間ひとりきりで過ごす生活を送ってきたので、他の人間との接触に慣れてないんです。ですから、いきなり賑やかな輪の中に引き入れるようなことはせずに、ゆっくりと時間をかけて迎え入れてあげてもらえませんか？」

「わかりました。心得ておきます。他には、何かありますか？」

「そうですね。あと、彼女が傍目から見て、少々奇妙な振る舞いをするようなことがあっても、気にしないでいて欲しいのです。彼女には非常に特殊な事情があるものですから。他の子供たちとは多分、大きく違っていると思うので」

「事情、ですか？」

「そう、事情です。非常に特殊な」

「それは……？」

実は、彼女はおそらくあなたよりも年上の、24歳の女性なんですよ。そんな言葉が口の端まで上ったけれども、結局のところ、ぼくはただ曖昧な笑みを浮かべて、何も口にすることはなかった。

「それじゃあ、お願いします」

束の間の空白のあと、ぼくはそう言い置いて、ドアに向かった。

「悟……」

子供たちの嬌声を縫うようにして、裕子の細く小さな声がぼくの耳に届いた。振り返ると、フロアーの中央に裕子が立って、控えめな仕種で手を振っていた。彼女のまわりを子供たちが走り回っている。彼女ははにかむような笑みを浮かべてぼくに言った。

「いってらっしゃい」

「うん。いってくるよ」

ぼくはドアを開け、フロアーの外に出た。そして振り返り、閉まりかけたドアの向こうに裕子の姿を探す。彼女は子供たちの渦の中心に佇み、じっとぼくのことを見つめていた。

ぼくは右手をかかげ、指先を交差させて彼女に合図を送った。裕子は小さく頷き何かを言いかけたが、子供たちの波の中に飲み込まれ、その言葉は消えてしまった。そして、ドアが閉まり、外には静寂だけが残った。ぼくを見送る裕子の姿は、アパートでひとりでいるときの彼女よりも、何だかもっと遥かに孤独で寂しそうに見えた。

53

保育所での生活について、裕子はとくに何も語ることは無かったが、ぼくはおおむね彼女が子供たちの中でうまくやっているのだと、そう思っていた。アパートでの二人の生活にもとくに変化はなく、最初の一週間は平穏なまま過ぎていった。

週末は二人で自然公園に行き、森の中の湿地を囲むデッキの散策路を歩いた。裕子はぼくが買い与えた白いワンピースを着て、ピンクのサンダルを履いていた。ぼくはそんな彼女を見て、なぜか二人が初めて出逢ったときの裕子の後ろ姿を思い出した。

ブラウスを透かして見えていた白い下着。

何だかそれは、遥か昔、まるで前世で見た光景のように感じられた。

54

その日は退社間際になって、急にクライアントからの呼び出しがあり、いつもよりも保育所に着くのが40分ほど遅れた。裕子が感じているはずの不安を思うと、自然とぼくの足の運びは早くなっていった。電車が駅に到着すると、ドアが開くのももどかしくホームに飛び出し、改札を走り抜け、保育所が入っているビルの階段を駆け昇る。息を切らしながらドアを開けると、そこに裕子がいた。

「裕子――」

彼女はすっとぼくの元に歩み寄ると、その顔をぼくの腹に埋めた。

「おそかったね……」

「ごめん」

フロアーにはまだ数人の子供たちが残っていたが、彼らは一瞬ちらりとこちらを見ると、またすぐに自分たちの世界に戻っていった。あの子供たちもまた、自分を迎えに来てくれる大人をじっと待ち続けているのだ。

おそらく裕子は、約束の時間からずっとこうやってドアの前に立ち、ぼくを待っていたんだろう。

「ごめん」

もう一度ぼくは言った。

「うん、はやくうちに帰ろう」

彼女のくぐもった声が、ぼくの身体の中で小さく響いた。ぼくは受付にいた女性に声をかけると、裕子を連れて外に出た。その間ずっと、彼女はぼくの身体に腕をまわし、顔を押し付けたままでいた。階段に辿り着くと、ぼくは裕子に言った。

「さあ、手を離して。そんなにきつくしがみついたままじゃ、階段を降りられないよ」

彼女はしばらく動かずにそのままでいたが、やがてゆっくりと腕の力を抜き、ぼくから身体を離した。しかし、歩き出そうとはせず、俯いたままじっとコンクリートの床を睨むように見つめている。

「裕子?」

そしてぼくは気付いた。

彼女の大きな眼から涙が溢れ出し、雫となって床の上に落ちていくのを。

ぼくは、そっとシャツの腹に手をやってみた。やはりそこも、彼女の涙で温かく湿っていた。

裕子はじっと声を押し殺して泣いていた。ぼくが手を伸ばし、その肩に触れると、彼女はぼくにしがみついて声をあげて泣き出した。

「悟、悟——」

「うん」

「——心配したんだ、何かあったんじゃないかって。すごく心配で、さびしかったよう」

「うん」

ぼくは膝を曲げ、腰を落とすと裕子の小さな身体に腕を回した。そして、ゆっくりと彼女の背中をさすった。

「泣いちゃいけないって、ずっとがまんしてたんだ。泣いたら保育所くびになっちゃうって——悟に迷惑かけちゃうからって、じっとがまんしてたんだ」

そんなことはないんだよ、そんなこと気にしなくていいだよ、とぼくは言おうとしたが、言葉は喉の奥で膨れ上がる熱い固まりに押し留められて、行き場を失っていた。

「今度はもっとがまんするから、ちゃんと待ってるから——」

裕子は泣きじゃくりながら、ごめんなさい、ごめんなさい、と何度も繰り返した。

55

家に辿り着くと、裕子は安心したのか、すぐに眠ってしまった。頬が真っ赤に染まり、寝息が心なしか荒かったので、もしやと思い額に手をあててみると、やはり彼女はまた熱を出していた。ぼくは時計を見て、まだ保育所に人が残っている時間なことを確かめると、電話器に取りついた。繋がった相手は既に馴染みとなった、あの若く快活な女性だった。

「――娘が――熱を出してしまって、おそらく明日は休ませることになると思うので」

ぼくがそう言うと、

「そうですか――裕子ちゃん、なんだかとても思い詰めたような様子で、ずっとドアの前から動こうとしなかったんです。悟が――ってお父さんのことですよね――すぐに迎えに来るからって、そう言って。きっと、知恵熱みたいなものかもしれませんね。感情のたかぶりが熱を呼んだのかも……」

「そうですか」

そしてぼくは保育所からの帰りに考えていたことを思い切って彼女に伝えた。

「実は――仕事の方の目処がついたら、しばらく裕子と一緒にいてあげようと思うんです。昼間も彼女と一緒に過ごしていこうかと……保育所のほうはそれまでの間ということで本当短いおつきあいだったんですけど」

「まあ、そうなんですか？」

「はい」

そして、彼女は何かしら得心したような声音で、

「そのほうが、裕子ちゃんのためにはいいのかもしれませんね。お父さんは大変でしょうけど……」

だって、と彼女は続けて、

「裕子ちゃん、保育所ではいつも寂しそうにしてましたから。いくら誘っても、子供たちの輪に入ることもなく、ひとりで窓からずっと空ばかり見てましたもん。きっと、お父さんのことを考えてたんじゃないかしら」

「裕子が？」

「そうですよお。たまに何か話してくれることがあると、殆どが『悟がね』って始まるんですから。何だか恋人のことを話すみたいに」

ぼくが無言のままでいると、

「お嫁さんに出すときは大変ですね。それとも、一生誰にもやらないぞって、そうなっちゃうんでしょうか？」

「そうですよ」

ぼくは言った。

「彼女は、ぼくの妻ですから」

保母の女性は真面目な人間が珍しく口にした冗談を聞いたというように、明らかにそれとわかる作り笑いを電話の奥で響かせていた。

事務所の所長に退職願を出して、実際に仕事から完全に身体が離れるまでに2週間ほどの時間がかかった。新しい人間を入れて、業務の引継を完了させるには、どうしてもそれくらいは必要だったのだ。その間、裕子は今までと変わらずに保育所に通い続けた。仕事を辞めると告げたとき、裕子は今にも泣き出しそうな表情になって、「私のせいで辞めるの？」とぼくに訊いた。

違うよ、とぼくは彼女に言った。

「ぼくが裕子とずっと一緒にいたいから、仕事を辞めるんだ」

すると裕子はぼくに抱きつき、

「うれしい、ありがとう」

そう言って、柔らかな頬をぼくの首に押し付けた。

ぼくの言葉に嘘はなかった。

おそらく、ぼくらに残された時間はあと僅かだ。１００年でも足りない想いを、その中でどうやって彼女に注げばいいのだろう？　24時間一緒にいたって、とても足りやしないのに。

「でも……ごはんを買うお金はどうするの？」

しばらくしてから、裕子が不安そうな声でぼくに訊いた。

「うん。裕子はもう忘れちゃったかも知れないけど、ぼくらは二人でがんばってそれなりの金額の預金を貯めてきたんだよ。だから大丈夫」

それに、とぼくは心の中で続けた。

裕子はもう殆ど何も食べないじゃないか。ぼくらが食事にかけるお金なんて、ほんの僅かなものなんだから。

そして、ぼくらは一日中片時も離れることなく、寄り添って過ごすようになった。二人がもし透明な糸で結ばれているのだとしたら、その長さはほんの数ｍにも満たなかっただろう。昼間は二人で馴染みの場所に出掛け、夜はひとつのベッドで抱き合って眠った。性欲抜きのスキンシップは、一種のアウフヘーベン的高揚感をぼくにもたらした。

セックスをしている男女が最も親密な関係にあるなんて幻想に過ぎない。「親密」という言葉は、肉体ではなく、心の在りようを表すものなのだから。

工場の跡地にもよく出掛けた。

もともと、そこで何が作られていたのかぼくは知らないが、ウマゴヤシが茂るその空き地では、探せばいくらでもボルトを見つけだすことが出来た。銅や真鍮でつくられたボルトはどこかしら風格すら感じられ、ひとつの時代を指し示す記念的遺物のようにさえ見えた。ぼくらはポケットいっぱいに集めたボルトを家に持ち帰ると、それを広口のガラスビンに注ぎ入れた。

本棚に並べられたビンの数は16に達していた。それが幾つまで増えていくのか、それを導き出すためのアルゴリズムは存在したが、ぼくは極力そのことを考えないようにしていた。

「何だか標本みたい」

ボルトのビンを眺めながら（それはジョー・サトリアーニのCDとポール・オースターの文庫本の間に挟まれて置かれていた）、裕子が言った。

「そうだね。まるで何かの化石みたいだ」

標準化石というものがある。ある時代の指標となる化石のことだ（古生代なら三葉虫、中生代ならアンモナイトというふうに）。だとすれば、一番右のビンに収められたボルトは、裕子の14歳時代を示す標準化石ということになるのだろう。そして、一番左は5歳時代を指し示す。

いずれにせよ、時は流れていくのだ。どのような方向に向かっているのだとしても。

56

眠れぬ夜には、よく昔の話を裕子に語って聞かせることもあった。

「悟、眠っちゃった？」

「いや、起きているよ。どうしたの?」

「眠れないの」

「うん」

「こわいの。このまま眠っちゃったら、もう悟に会えなくなるような気がして」

ぼくは裕子の汗ばんだ額の髪を人差し指で梳いた。

「大丈夫。ぼくはずっとここにいるよ。朝が来ればまた、今日と同じ一日が待っているから」

「うん……」

闇の中に白く浮かぶ小さな顔。彼女は目を閉じている。目を閉じたままぼくに語りかける。

「でも——悟がここにいても、私はここにいないかもしれないよ。何処か別の場所に連れていかれちゃうかも」

「誰が裕子を連れていくの?」

彼女は目を閉じたままかぶりを振る。

「わからない……」

「大丈夫だよ。ぼくがしっかりと裕子をつかまえておくから」

「うん」

闇と、そして静寂がぼくらを包んでいた。

ぼくは、深い土の中に埋められた棺の中で眠る死者のような気分になった。伴侶と手を取り合い、前世の夢を見続ける幸福な骸。

ぼくは言った。

「裕子が眠るまで、何か話をしてあげようか」

「うん、して。お願い」

「そうだな。じゃあ、ぼくらが出会った頃の話をしようか。裕子は憶えている?」

「少しだけ。ほんの少し」

「そう。ならば、こんな話はどうだろう」

きみには言ったことが無かったかもしれないけど、あの頃、ぼくはひとりの少女に惹かれていた時期があったんだ(ごくささやかに、控えめにね)。

ぼくは、入学と同時に陸上部に入部したんだけど、部室は体育館の二階にあった。そこからは、体育館で練習するクラブがよく見えたんだ。手前がバレー部とバトミントン、向こう側に卓球部、そして新体操。

その新体操部のなかでも、とりわけてひとりの女の子がぼくの目を引いた。

とにかく、彼女は高く跳ぶんだ。

他の誰よりも。

まるで体重が無いみたいでさ(実際、彼女はおそろしく身体が細かった)。

開脚ジャンプが最高だった。ハチドリみたいに空中で止まって見えたからね。

――そう、裕子、きみのことだよ。

でも、ぼくはそのことに気付かなかったんだ。教室で見るきみの背中は、ひどく頑なで、ぎこちなくて、あの宙を跳んでいる少女とはまるで重なるところが無かったから。実際、授業中のきみは資本論を生徒手帳に置き換えた教条主義者のようだった。つまり、嫌になるくらい生真面目な生徒だったってことだよ。

あとでそのことをきみに言ったら、

「私から見れば、協調性というものが全く無くて、自分だけのルールで生きているあなたのほうがよほど驚異だったわ。一限目にいたためしはないし、午後もいつの間にか教室から消えているんだから」

そう、このぐらい二人の距離は離れていたんだ。最初はね。

むろん、教室でのきみに魅力が無かったわけじゃない。ぼくはいつもきみの後ろ姿ばかり見つめていたわけだけど、首からあごにかけての曲線はとても良かった。なんか、こう古典的な美がそこにはあった。あるいは数学的な美しさと言い換えてもいい。とにかく良かった。本当だよ。でも、それ以上の気持ちにはならなかった。ぼくが惹かれていたのは、体育館の少女だったんだ。

いつだっただろう、二人が同じ少女だと気付いたのは。なんだかブラインド・デートみたいだよね。よくある話だよ。素性を知らぬまま引き合わされてみたら、実は自分のごく身近にいた人間だったっていうの。

とにかく、その事実は新鮮だった。それからぼくはもっと強くきみを意識するようになったんだ——

何?

ああ、もう眠くなったんだね。

じゃあ、今夜はこれでお仕舞いにしよう。

57

そういえば、こんなこともあった。

あれは、2年になってすぐの春先のことだったかな。クラブの練習が終わったあと、忘れ物に気付いたぼくは、帰りがけに教室に立ち寄った。そしたら、まだそこにひとりの男子生徒が居残っていたんだ。

名前は覚えてないな。ただ、いつもみんなからヒッポと呼ばれていた。ヒポクラテスのヒッポなのか、あるいはヒポコンデリアだったのか。もしかしたらヒポクラシーだったのかもしれない。

とにかく、ヒッポはぼくに気付いても、とくに気にするふうでもなく、それまで自分が続けていた作業に没頭していた。机に足をのせ、椅子を斜めに傾けながら、彼は手にしたA3のスケッチブックに鉛筆で何かを描いていたんだ。とくに興味も感じなかったから、ぼくは用を済ませると、そのまま教室を出ようとした。すると、そこでヒッポがぼくを呼び止めたんだ。

「井上君、この絵を見てどう思う?」

ぼくは彼の机まで歩いていき、スケッチブックに目をやった。

そこに描かれていたのは、裕子、きみの姿だったんだ。制服を着たきみが何かを一心に見つめている姿（そういう時のきみの癖で、きつく閉じた薄い唇の端から、右の八重歯が小さくのぞいているところもしっかりと描写されていた）

「うまいな。五十嵐さんだろ?」

ぼくは言った。

「ああ、そう。彼女だよ。他にもあるんだ。見てくれるかな?」

彼がスケッチブックのページをめくると、次々ときみの姿が現れてきた。

笑っているきみ。

澄ました顔のきみ。

憂い顔のきみ。

ぼくはヒッポに訊いた。

「何故、五十嵐さんを描く？」

「決まってるじゃないか」

ヒッポは芝居じみた身振りで自分の胸に手をあてると、徐に言った。

「彼女のことが好きだからさ」

この言葉を聞いたとき、ぼくの胸に鈍い痛みのようなものが走ったんだ。何て言うか、ぼくの心の告白が彼の口からなされてしまったような、そんな感じだった。すごく恥ずかしくて、ぼくは彼から目を逸らした。何だか罠にはめられたような気がして、少し憤ってもいた。

「なるほど」と、ぼくは出来るだけ感情が表に出ないように、素っ気ない声音で言った。

「だからなのかな。この絵には愛が感じられるね」

多少皮肉も込めて、評論家が口にするようなステロタイプの言葉を彼に差し向けたんだけど、ヒッポはとくに深読みするでもなく、大きく肯いていた。

「彼女には──気持ちを打ち明けたのかい？」

ぼくはそう訊かずにはいられなかったんだ。でも、そのわけをこの時のぼくはまだわかってはいなかった（自分の心っていうのはよく見えないものなんだ）。そして、ヒッポはこんなふうに答えた。

「打ち明けてはいないし、一生打ち明けるつもりもないよ。五十嵐さんと結ばれる相手はぼくじゃないんだから。ぼくはただ端から見つめるだけの脇役だよ」

なぜ、そんなことがわかるんだって、ぼくは訊いた。でも、ヒッポは奇妙な笑みを浮かべたまま、曖昧な言葉を繰り返した。ぼくは殆ど聞き流していたんだけど、最後に聞いたひとことだけが、妙に耳に残ったんだ。


「井上君、きみならその答えを知っているはずだよ」


ねえ、どう思う？　ヒッポって一体何者だったんだろう？　まるで、後のぼくら二人の関係を予見するみたいにさ。あのあと、彼は間もなくどこかへ転校していってしまったよね。不思議なやつだった。

きみは以前、ヒッポのことを『素直になれなかったキューピット』って呼んでいたけど、本当にそうだったのかな？　確かに、彼との一件で、ぼくはよりきみのことを意識するようになって、いずれは結ばれることになるんだけど。

でもさ、こんなふうに考えたこともあるんだ。もしかしたら、ぼくら二人は、自分たちが気付かないだけで、まわりの人間からははっきりと見える識別標のようなものを携えていたんじゃないかって。首から下げた真鍮のプレートに、それぞれ相手の名前がしっかりと刻まれていたんじゃないかって。ぼくのプレートには「裕子」、そしてきみのプレートには「悟」って具合にね。だから、ヒッポが特別な人間だったわけじゃなく、ぼくらのまわりの人間は誰もが、二人の行方を予見出来たんじゃないかな。

もしかしたら、みんな陰では、こう言い合っていたのかもしれない。

「五十嵐裕子？ ああ、やめといたほうがいい。彼女はもうすぐ井上ってやつとくっついてしまうんだから。そう、公園でばったり出逢ってね。そう決まってるんだよ」

ねえ、だんだんとそんなふうに思えてきただろ？

58

やがて、また秋が来た。

裕子に語り聞かせた想い出は、夜の数だけ増えていった。そして、ボルトを収めたビンもまた、その数を増やしていた。17個目のビンには、4歳時代というラベルが貼られた。

9月の終わり。

ぼくらは高原のホテルに向かった。裕子が幼い頃、両親と共に訪れ、忘れ得ぬ想い出を得た場所。つましい生活の中で、ささやかな贅沢も悪くはないだろうと、ぼくが彼女を誘ったのだ。ホテルと隣接する広大な敷地には牧場と遊園地があった。昔ここを訪れたとき、裕子は母親と二人でコーヒーカップに乗ったという。それだけは鮮明に憶えているのだそうだ。

彼女の向かいに座り、微笑む母親。その二人をカメラに収めようと、フェンスの外から声をかける父親。前になり、後ろになり、近づき、遠離る父親の姿。幸福の瞬間を永遠に留めようとするかのように、彼はシャッターを切り続けていた――

「部屋で少し休んでから出掛けよう」

慣れぬ列車での長旅に疲れた様子の裕子を気遣って、ぼくはそう彼女に提案した。

「うん、わかった」

裕子はぎこちない笑みでぼくを見ると、小さく肯いた。ロビーでチェックインを済ませたぼくらは、7階にある見晴らしのいい部屋に通された。

「ホテルの人、どう思ったかな?」

「うん?」

「私たちのこと」

部屋にあがると、裕子がぼくにそう訊いた。

「まあ、想像力豊かな人間なら、こんなふうに思うんじゃないかな」

ぼくは上着をクローゼットに収めながら、肩越しに彼女に言った。

「若い父親とその娘。ウィークデイに訪れたところを見ると、どうやら彼は失業中らしい。しかも、妻の姿はない。おそらく、とホテルマンは考えるんだ。きっと、彼は職を失うと同時に妻にも去られてしまったんだろう。そして、幸福だった頃の想い出を確かめるために、かつて訪れたことのあるこのホテルに娘と共にやってきたんだ」

裕子はベッドに腰掛け、足をばたつかせながらくすくすと笑っていた。

「おもしろいね」

彼女が言った。

「でも、すごい秘密。本当はふたりは夫婦でした」

「そうだよ。ぼくらは夫婦だ。結婚式だってちゃんと挙げてる」

「結婚指輪だってあるわ」

裕子が首から下げたリングを指で揺らした。

「靴を脱いで、少し横になってごらん」

ぼくは言った。

「ゆっくり休んで、疲れがとれたら散歩に行こう。想い出の牧場へ」

「想い出？」

「そう、これからつくるんだよ、想い出を」

59

ぼくは裕子の寝顔をじっと見つめていた。もろく、壊れやすい陶磁器を思わせる白い肌。何か嫌な夢でも見ているのか、眉あいに小さなしわを寄せ、時折喉の奥で意味のない言葉を響かせる。

彼女はぼくの妻だ。

かけがえの無い。

誰にも代わることの出来ないぼくの半身。

このまま、彼女の時を止めて欲しいとぼくは願う。永遠に幼女のままでも構わないから。肌を合わせることが出来なくても、ぼくとの想い出を全て忘れ去ってしまったとしても、それでもいい。ぼくのそばにいてくれさえすれば――

そんなことを考えていたら、涙がこぼれてきて、ぼくは慌てて洗面所に行って顔を洗った。

部屋に戻ると裕子が目を覚まし、ベッドの上で身体を起こしていた。

「疲れはとれた？」

ぼくが訊くと、裕子は小さなあくびをしながら頷いた。

「牧場に行きたい」

秋の高原はひんやりとした空気を纏っていた。牧場の草を揺らす風は冷たく、すでに冬の気配を孕んでいた。ぼくらは手を繋いで牧場の外周を巡る遊歩道を歩いた。裕子は道に転がる石を蹴飛ばしながら、嬉しそうに声を立てて笑っていた。

「何がそんなに嬉しいの？」

ぼくが訊くと、

「悟と歩いていることがうれしいの。なんでかな？　すごく楽しいよ」

「それは良かった」

「悟は？」

「うん？」

「悟は楽しい？」

「楽しいよ」

「どうして？」

「裕子と一緒にいられるからだよ。それに裕子が楽しいと、ぼくも楽しくなるんだ」

「何故？　悟は私じゃないのに」

「それはね」

ぼくは少し考えてから言った。

「ぼくらが夫婦だからだよ。夫婦って、そういうものだから」

「ふうん……」

そして彼女はぼくの顔を見上げると、

「ねえ」

「うん？」

「この楽しいって気持ちが、想い出になるんだよね？」

「そうだね。そういう気持ちが、何よりの想い出なんだね」

ぼくはそう答えた。

裕子は小さく頷くと、また石を蹴り飛ばした。

しばらく行くと、数頭の馬の群に出くわした。

「わあ、馬だ。おおきいねえ」

裕子は興奮気味に、そう声を放つと柵に駆け寄り、身を乗り出すようにして群に見入った。

「家族かな？」

振り返り、彼女が訊く。

「どうだろう？　仔馬も何頭かいるみたいだけど」

「きっと家族だよ」

「そう？」

「ぜったい」

裕子は真剣な眼差しで馬を見つめていた。

家族。

求めて、求め続けて、しかし手に入れることの出来なかった夢。

風が、彼女の琥珀色の髪を揺らす。ぼくはそっと彼女の肩に手をかけた。

「さあ、行こう。ここは風が冷たすぎる」

裕子は素直に頷くと、ぼくの手に自分の腕を絡め歩き出した。

「私はいいの……」

風の音かと聞きまごう程小さな声で裕子が言った。

「私には悟がいるから――」

ぼくは何も言えず、ただ無言で肯くことしか出来なかった。

ぼくらは牧場のレストハウスで昼食をとることにした。建物の中は閑散としていて、ぼくら以外に客の姿は何処にもなかった。ぼくは腸詰めの香草添えを注文したが、裕子は何も食べたくないと言って料理をたのもうとしなかった。

「せっかくだから、何か少しでも食べたら？」

「うん……」

裕子はしばらく考えるようにメニューを見つめていたが、

「じゃあ」と言って、

「アイスクリームを食べる」

そして、ぼくが腸詰めにとりかかっている間、裕子はゆっくりと、それがまるでこの世で口にする最後の食物であるかのように、アイスクリームをいとおしげに口に運んでいた。

「おいしいね」

「原料が違うんだよ。この牧場でとれた新鮮なミルクを使ってるんだ」

「こんなおいしいアイスクリーム、生まれて初めて食べたよ」

「そう?」

「うん。何だか幸せのかたまりが口を通って、身体の中にすっと入ってくるみたい」

裕子がこんなに美味しそうに何かを食べている姿を見るのは、ずいぶん久しぶりだった。

「何か、ほっとするな」

ぼくは言った。

「なに?」

「うん。いつも心配してるんだ。裕子は何も食べようとしないからね。だから、こうやって美味しそうにしている顔を見ると、すごくほっとする」

「じゃあ、これからはもっとがんばって、ご飯食べるようにしようかな?」

「うん、そうしたほうがいいよ」

「がんばったら、何かご褒美くれる?」

「いいよ。何が欲しい?」

「あのね——」

そこで裕子は束の間言い淀んでいたが、やがて顔をあげるとぼくに言った。

「手紙が欲しいの」

「手紙？」

「うん。悟言ってたよね。結婚する前は手紙をいっぱい書いたって。私もそれが欲しい」

「だって――ぼくらはいつも一緒じゃないか。伝えたいことはすぐに話せるし、触れ合うことで通じ合うことも出来る」

「それでも欲しいの。だめ？」

「いや、だめじゃないけど。でも、何を書けばいいのかな？」

「恋人同士が書くみたいな手紙。ねっ？　書いて、宝物にするから」

裕子はテーブルの向こうで、口のまわりをアイスで白くしながらにこにこ笑っている。その顔を見てたら、ぼくも何だかおかしくなって笑い出してしまった。

「わかった。じゃあ、とびきりの手紙を書いてあげるよ。もう、南極の氷が溶けだしてしまうくらい熱い想いを込めて。その代わり、裕子もご飯を食べるんだよ」

「うん、わかった」

それからの裕子はひどく上機嫌で、いつになくはしゃいでいた。彼女の笑顔はぼくの心を暖かくし、その笑い声はぼくの気持ちを軽やかに浮き立たせた。

60

遊園地にも人影は殆ど無かった。どこか現実味を欠いたその情景は、眠りについた子供たちが訪れるのを待っている、夢の中の場所のように見えた。ぼくらは人気のない園内を手を繋いで進んだ。

「どお？　何か思い出す？」

ぼくが訊くと、裕子は大きな目をしばたたかせ、首をかしげた。

「良くわからない。コーヒーカップは何処？」

「何処だろう？　もう少し進んでみよう」

乗り手のいないメリー・ゴー・ラウンド。

止まったままの熊の電動車。

いつまでも発車しないローラー・コースター。

行き過ぎる風景はいずれも時の淀みの中で、誰かを待ち続けているように見えた。あるいは、10数年の時を経て、ふたたび裕子が訪れるのを待ち受けていたのかもしれない。

そして、やがてぼくらは、その場所に辿り着いた。

「ここだ——」

「あったね、コーヒーカップ」

そのひどく古びたコーヒーカップは、まるで野に蹲る人々のように、そこにひっそりと置かれていた。神殿の衛兵のように無表情な係員にチケットを渡し、ぼくらは、その薄茶けたカップに乗り込んだ。

やがて、ひび割れたブザーの音が鳴り、カップはゆっくりと動き出した。12個のカップは、まるで惑星のようにそれぞれが自転しながら、ひとつの秩序のもとに弧を描いて流れていった。ぼくらは向かい合って座りながら、ひどく小さな星の住人になったような気分で行き違うカップを眺めていた。

〝大切なものは目に見えないものなんだよ〟

ぼくらの手元の小さなテーブルには、そう落書きされていた。

「悟?」

やがて、裕子が言った。

「うん」

「いろんなこと、思い出したよ」

「そう?」

音程のはずれたBGMが賑やかに鳴り響き、彼女の声は聞き取り辛い。

「お母さんといっしょに、ここに座っていたこと。フェンスの向こうでお父さんが手を振っていたこと――」

「そして、幸せな気持ちも？」

「うん」

裕子はぼくの手を握った。気持ちの昂りをあらわすかのように、その指は小さく震えていた。

「悟」

「うん」

「私って、ほんと幸せだったんだね」

裕子の瞳が溢れ出した涙に揺れていた。

「いろんなこと思い出した。ずっと忘れていたんだ――お母さんやお父さんのこと――悟と初めてキスしたときのこと――初めて抱き合った時のこと――」

ぼくの胸の奥で何かが白い閃光を放った。

「なんで――こんな大切なこと、忘れてしまっていたんだろう」

ぼくは何も言わず、ただ目の前の小さな少女を見つめていた。幼いその顔には、ぼくがいつも眼にしていた懐かしい笑顔が浮かんでいた。

「ねえ、悟？」

「うん？」

「私は、父や母や、そしてあなたから、抱えきれないほどの悦びを与えてもらったけど――」

「うん」

「それでも――まだ、望みごとをしたら、誰かさんに叱られてしまうかしら？」

「いや――そんなことは、無いと思う」

胸の奥で弾けた光は、温かな流れとなってぼくの身体を満たしていった。

「出来ることなら――」

裕子は濡れた瞳でじっとぼくの顔を見つめながら言った。

「出来ることなら、もう一度だけ大人の身体に戻ってあなたに抱きしめてもらいたい……」

叶うさ、とぼくは言った。その声はあまりにも力無く、弱々しく響いた。

「いつか――また、もとの身体に戻ったら」

ぼくは無理矢理声を押し出すようにして言葉を続けた。

「キスをしよう。そして、いつまでも抱き合っていよう」

「二人の身体がとけてひとつになってしまうくらい？」

「そう。きみの眼でぼくが見て、ぼくの耳できみが聴くようになるまで」

「うれしいわ……」

そして裕子はふっつりと黙り込んでしまった。

開いていた時の門は閉ざされ、成熟した知性の光は、その瞳から消えていった。裕子はあどけない表情で流れ行く景色を見つめていた。やがて、再びブザーの音が響き、カップはその動きを停めた。微かな酩酊と、追懐の思いを残しながら、ぼくは裕子を連れてその場を後にした。

61

ホテルに戻ると、裕子は部屋のベッドに横になった。やはり、疲れていたのだろう。その眠りは唐突で深かった。

秋の落陽が部屋に茜色の光を注いでいた。ぼくは裕子の髪にそっと触れながら、これまでの日々に思いを巡らせていた。

今から何年も前、裕子と二人でやはりこんなふうに茜色に染まった放課後の教室で語り合ったことがあった。まだ、付き合いはじめて間もない頃だ。

互いに自分の気持ちを相手に伝えるのが気恥ずかしくて、ぼくらは抽象的な恋愛論を通して想いを投げかけ合っていた。

――私は、たったひとりの人を好きになれば、それでいいの。

ねえ、人の一生なんて、ほんの束の間の夢のようなものよね。

たとえば蜻蛉のように。
彼らは、その短い夏の生のあいだに、
何度も恋を繰り返したりはしないわ。
ねえ、そうでしょ？

今でもその時の裕子の真剣な表情を思い出すことが出来る。ぼくは彼女の言葉を聞きながら、耳の辺りが熱くなるのを感じていた。

——私は一生、
井上くん一人を愛し続けるわ——

ぼくは、そんな告白を聞いたように感じていたのだ。

——ぼくも一人だけだ。

何かを宣言するように、ぼくは力を込めてそう返した。

——ぼくも、ただ一人のひとだけでいい。

——蜻蛉のように？

そうだ、とぼくは答えた。

——でも、もう少し長い間、いっしょに生きていきたいけど……

そして、ぼくらは屈託のない笑みを交わし合ったのだった。

ふと気付くと、裕子の寝息が心なしか浅く速いように感じられた。胸を衝かれた思いで、慌てて彼女の額に手をやる。

熱い。

かなりの高い熱だ。

ぼくはフロントに連絡して、体温計を持ってきてくれるように頼んだ。

ほどなくして、部屋のドアをノックする音が聞こえた。出てみると、そこには若い女性の客室係が立っていた。

「体温計をお持ちしました」

彼女はそう言って、電子体温計をぼくに差し出した。

「ありがとう。妻がかなり高い熱を出しているみたいで」

「奥様――ですか?」

「いや――娘です。娘が熱を出してしまって」

「お医者様の往診を頼んだほうがよろしいでしょうか?」

「熱しだいですが……」

そこで、彼女はぼくが裕子の体温を測る間、部屋に留まった。

「39度7分だ……」

「それは高い熱ですね」

彼女の表情がにわかに険しくなった。

「さっそくお医者様へ連絡をいたします」

「すいません。お願いします」

そして、30分も待つと、ホテルと契約を交わしている開業医がやってきて、裕子に注射を打ち、何種類かの薬の処方箋を書いて置いていった。その間、裕子は半ば夢の中に心を残したまま、虚ろな眼差しでぼくらをぼんやりと眺めていた。

「薬は私が買ってきます」

客室係の女性は処方箋を手に取ると、そう言い置いて部屋から出ていった。

「ごめんね……」

二人きりになると、裕子が囁くように言った。

「せっかくの旅行だったのに」

「いいんだよ」

ぼくは指で裕子の額の汗を拭った。

「つらい？」

裕子は怠そうな仕種で、ゆっくりと首を振った。

「注射が効いたのかな？　つらくはないよ」

「なにか食べたいものは？」

「いらない。もう、何も食べたくないんだ」

「そう」

「ねえ、悟？」

「うん」

「うちに帰ろう」

何故かその言葉は、ぼくの胸に紙で切ったような痛みを残した。

「うちに？」

「そう。私たちのうちに」

帰りたいの、と裕子は言った。

「でも――」

ぼくは裕子の熱を帯びた手をとった。

「この熱で家まで帰るのは身体に負担が大きすぎるよ」

ここにはいたくないの、と裕子は言った。

「家に帰りたい。お願い、悟」

「とにかく、少し眠りな。そして起きたとき熱が下がっていたら、そのことを考えてみよう」

「うん……」

そして、裕子はすぐに眠りに落ちた。

眠りの世界こそが彼女の居るべき場所であり、覚醒は、ただぼくに会うためだけに訪れる接見室のようなものなのだろうか――

そんな考えがぼくの脳裏を掠めた。そのようにして、裕子は此岸から少しずつ遠離って行くのだ。

裕子が眠りについてから15分ほどで客室係の女性が戻ってきた。

「薬を買ってきました」

「どうもありがとう」

「お嬢さんの具合はいかがです？」

「うん、注射が効いたのか、少し楽になったみたいです。あれからすぐに眠ってしまった」

彼女は肯き、裕子の寝顔を見つめた。

「きれいなお嬢さんですね。誰にも似ていない。何だか、秘密のドアを抜けてやってきた妖精みたい」

「彼女の美しさにはわけがあるんです」

「わけ？」

しかし、ぼくは彼女の疑問に答えようとはせず、話題を変えた。

「タクシーの手配をお願い出来ますか？」

「出来ますけれども、どちらまで？」

「駅までです。娘の熱がある程度下がったら、家に帰ろうかと思って」

彼女は何かを思案するように、しばらく黙り込んでいた。それが癖なのか、下唇を噛み締めるようにして、じっと裕子に視線を注いでいる。

「私、あと一時間で勤務が空けるんですけど――」

やがて彼女が言った。

「そしたら私、自分の車で東京まで行くんです。明日、友人の結婚式があって、それで知り合いの家に泊めてもらうことになっているんです」

ですから、と彼女は続けた。

「もし、よろしければ、そのついでに私の車でご自宅までお送りいたしますけど？」

「いや、そこまでしてもらうのは……」

「でも、お客様の町の近くを通りますし」

「高速を一度降りることになりますよ」

「かまいません。急ぐわけではないですから。それに、列車での旅はお嬢さんの身体に障ります」

ぼくは裕子の寝顔を見つめた。確かに、彼女の言うとおりかもしれない。

「――じゃあ、お願いします。その代わり、高速料金はぼくに払わせて下さい。それだって二人分の列車代よりずいぶん安いんだろうけど」

「わあっ、助かっちゃいます。ありがとうございます。じゃあ、遠慮なく」

彼女は胸の前で手を組んでにっこりと微笑んだ。それもまた、彼女の客室係としての気遣いだったのかもしれない。彼女がぼくの申し出を受けてくれたことで、こちらもまた、彼女の道行きに気持ちよく同乗させてもらうことが出来たのだ。

「あっ、申し遅れましたけど、私、西田と申します。西田茜です」

「ぼくは――」

「存じてます。井上様ですね？　井上悟様と裕子様」

それでは後ほどまた、と言って、彼女は足音も立てず、軽い身のこなしで部屋から出ていった。

62

一時間後、ぼくらはチェックアウトを済ませると、西田茜の車で我が家を目指した。

裕子の熱は37度8分にまで下がっていた。注射のせいなのか、出発前に服用した薬のせいなのか、彼女は車の中でも、終始まどろみ続けた。時折、舗装の継ぎ目を踏む感触に目を覚まし、「うちはまだ？」とぼくに訊ねた。

「もう少しだよ」

そう答えると、彼女はまたぼくの肩に頭をあずけて眠りに就くのだった。

「日付が変わる前には着けると思います」

西田茜が言った。

「あと、１５０㎞ぐらいですから」

淡いオレンジ色の光に照らされた道が、緩やかな曲線を描きながら闇の中に消えていく。

「なんだか、寂しい風景ですね」

ぼくが言うと、彼女は前を向いたまま肯いた。

「田舎ですから。同乗して下さる方がいて助かりました。一人じゃ恐いくらいですもん」

「かもしれまんせんね」

一台の長距離トラックが重い音を響かせながら、追い越し車線を走り抜けていった。テールランプが遠離り、やがて闇に滲んで溶けていく。

「さきほどおっしゃってた、裕子さんの秘密」

再び彼女が口を開いた。

「彼女の美しさのわけって、何なんですか？」

その問いかけは、ひどく甘い誘惑のようにぼくの心を衝き動かした。おそらく、ぼくは疲れていたんだと思う。ぼくは誰かに聞いてもらいたかったのだ。裕子と、そしてぼくが辿ってきた数奇な日々を。言葉にして語ることで、この秘密を支えてくれるもう一つの手を得ようとしていたのかもしれない。

それでもぼくは語り出すまでにずいぶんと逡巡していた。彼女は辛抱強く、無言で待ち続けていた。

「例えば――」とぼくは語り始めた。

「こんな物語があるんですけど」

ええ、と彼女は肯いた。

「若い幸せな夫婦がいたんです。多くを望まず、ごくささやかな幸福だけで満ち足りていた二人が」

「物語の中に?」

「そう、物語の中の二人です」

ぼくは答えた。

「彼らは、ごくあたりまえの日々の繰り返しの中で暮らしていました。ところが、ある日――妻が、妻の肉体が若返りを始めたんです」

「若返り?」

「そう。何故か、彼女の肉体だけが時を遡行し始めたんです」

彼女はハンドルを握りしめたまま、黙って聞いている。

「最初は病気かとも思った。それで、病院にも行ってみました。でも、何の解決にもならなかった。その間にも彼女はどんどん若返っていった。23歳だった彼女は18になり、15になり、そして幼女へと変貌していきました」

「不思議な話ですね」

「そう、不思議な話です」

ぼくは一呼吸おいて続けた。

「彼女はとても美しかった。だって、現実の世界を超えたところで生きているんですから。それに彼女の中の両義性が人を魅了していたのかもしれません。少女の肉体に大人の女性の心。もっとも、その心もやがては見かけの年齢に重なっていってしまうんですが――」

「それが美しさのわけ……」

「信じられないでしょうけど」

「ええ。でも、これは物語なんでしょ？」

「そうです。物語です」

「ならば」と彼女は何かを考えるように、少し間をおいてから言った。

「この物語の教訓は何ですか？」

「教訓？」

「ええ、このような寓話には必ず教訓があるじゃないですか。欲は身を滅ぼしますよ、とか。正直な者は報われますよ、とか」

「ああ、なるほどね」

そして、ぼくはしばらく考えてから答えた。

「そう――教訓はどこにもありません。あるのは悲しみと愛情です」

「悲しみ、ですか？」

「はい。だって、物語の終わりで予感させるものは永遠の別離ですから。この世に生を受ける以前の彼女には会うことは出来ません」

「ああ、そうですね。いずれ……」

「だから、限られた時間というものを意識しないわけにはいかないんです。でも——だからといって特別に何かをしたとか、そういったことは何もないんだけれど」

「でも、深い愛情があった……」

「そう。だけど、ぼくら——いや、その二人に限ったことじゃないんです。誰もが有限な時間の中で生きているんだから。どこかに愛を仕舞っておいて、特別な日にだけそれを取りだして相手に示すとか、そんなの——」

「愛は惜しみなく、ですか？」

「そんなところです。これは教訓ではなく、気持ちのありようですけど」

そしてぼくらは再び沈黙の中に身を預けた。鈍い内燃機関の音と、路面から伝わる振動が車内を満たしていた。

「私は、信じます。その物語が真実であることを」

唐突に彼女が口を開いた。

「だって、彼は言いましたもん。『私の妻が熱を出してしまって』って。だから、きっと女の子は彼の奥さんなんです」

ぼくらはルームミラー越しに眼を合わせた。彼女は微笑んでいる。

「ありがとう。何か、少し気分が楽になりました。ずっとひとりでいろいろ考えてしまっていたから」

「ええ」

「なんで人は、その身の丈を遥かに超えた量りを手に入れてしまったんでしょうね？」

「量り？」

「だって、人はその頭の中では何千年、何万年ていう過去や未来に思いを馳せることが出来るのに、実際生きている時間というのは、ほんのわずかですからね」

「ええ」

「だから、果てしなく求めてしまう。もっと、もっとってね。でも、それは間違ってる」

「そうなんですか？」

「きっと、ぼくらは犬のように生きていくべきなんです」

「犬、ですか？」

そう、犬ですとぼくは答えた。

彼女が言ったとおり、0時になる少し前にぼくらはアパートに帰り着いた。ぼくは眠る裕子を抱きかかえたまま、車から降りた。

「どうもありがとうございました。少し休んでいかれたらどうですか？」

「いえ、ここで休んじゃうと先が億劫になりますから」

彼女はハンドルを握ったまま、ぼくを見上げて言った。

「そう——じゃあ、気を付けて」

そして、彼女はエンジンに息を吹き込み、シフトレバーをドライブに入れた。けれど、すぐに走りだそうとはせず、彼女はフロントガラスを透かして、真夜中の闇をじっと見据えていた。

「私——」

やがて彼女が言った。

「私の恋人——」

「はい？」

「明日の結婚式の新郎、私の昔の恋人だったんです」

ぼくは返す言葉がみつからず、ただ押し黙ったまま彼女の次の言葉を待っていた。彼女は大きな溜息を吐くと、再び語り始めた。

「それで——いろいろあったんですけど、ちょっと、人を愛することに懐疑的になりかけていたんです。明日だって、新婦のあら探しをしてやろうって、そんな気持ちで結婚式に出席するつもりだったんです。でも——」

「でも？」

「ええ、やっぱり人を愛することって素晴らしいなって、そう思えるようになりました」

「そう？」

「はい。お二人を見ていると、もしかしたら、それは本当にまれなことなのかもしれないけど、きちんとした愛っていうものが存在するんだなって――何か言葉が変ですけど」

「いえ、わかりますよ」

「ですから、お二人には幸せでいてほしいんです」

「ぼくらは、充分幸せですよ」

「ええ、そうですよね。50年一緒にいても愛を知ることのない夫婦だっているでしょう。ですから時間は関係ないんですよね？」

「そう思うようにしてます。難しいけれど。多くを求めたとき、人は真実を見失うんだと思うから」

　そして彼女は「お幸せに暮らして下さい」と言い残して、ぼくらの前から去っていった。

　走り去る車を見送りながら、ぼくは考えていた。

　時間は人の心が決めるものだ。ならば――1秒を永遠にすることだって出来るはずだ。

　その中でぼくは裕子を愛せばいい。そう思わなければ、やりきれない。

63

部屋に入り、ぼくは裕子をそっとベッドの上に横たえた。

額に手をやる。まだ、熱は下がっていない。

ぼくはキッチンに行き、冷蔵庫からミネラルウオーターを取り出すと、コップに注いだ。再び裕子の元に戻り、ぼくは小さなランプに照らされたオレンジ色の輪の中に腰を下ろした。

「裕子」

ぼくは囁くように彼女の名を呼んだ。裕子はまるでずっと目覚めていたみたいに、身じろぐこともなく、すぐに目を開いた。

「家に着いたよ。ぼくらの家に」

「うん……」

「水を飲んでごらん。ずいぶん汗をかいていたから」

彼女はベッドの上で半身を起こすと、ぼくからコップを受け取った。何かを試すように、そっと一口啜る。彼女の白い喉がコクリと小さな音をたてた。

「おいしい」

「そう?」

ぼくにコップを返すと、彼女は再び横になった。首を傾げ、じっとぼくの顔を見ている。

「悟」

「うん？」

「ごめんね。わがまま言って」

「わがままって？」

「家に帰りたいって」

ああ、そんなことか。

ぼくは静かに微笑むと、裕子に言った。

「ぼくも帰りたかった。だから、いいんだよ」

「そう？」

「うん」

ここがいいんだ、と裕子は言った。

「この場所に戻りたかったの、どうしても」

「そうだね。ぼくもだよ」

ここは、二人の場所だからね。二人はここで夫婦として暮らし始めたんだ。ここは両親と訣別し、ぼくらが大人になった場所なんだよね。

「さあ、眠りな。朝になれば熱も下がっているはずだよ」

ぼくが言うと、裕子はゆっくりとかぶりを振った。

「眠りたくないの。眠るのはいや」

「でも――」

「何か話をして。いつもみたいに」

「そしたら眠るかい？」

「うん」

「じゃあ、何の話をしよう？」

裕子はゆっくりとぼくに向かって手を差し伸べた。ぼくは彼女の小さな手を握りしめた。

二人の指が絡み合った。何だか小さな日溜まりに手をかざしているような、そんな暖かさが指先に通ってきた。

「出会った頃の話をして」

裕子が言った。

「二人が初めて会ったときのことを……」

「もう何度も話しているよ」

「もう一度――お願い」

「それじゃあ――」

そして、ぼくは語り始めた。

きみに初めて会った時のこと——

そう、とにかく、記憶の初めにあるのは、きみのブラウスを透かして見えていた、下着のあざやかな白さだった。出会いから語ろうとすると、どうしてもこの記憶から始めなくてはならないんだ。15のきみは一切の虚飾をそぎおとした、とても簡潔なからだつきをした、どちらかと言えば控えめな印象の少女だった——

§　§　§　§

いつの間にか、裕子は目を閉じていた。ぼくは言葉を止め、繋いでいた手を離そうとした。

目を閉じたまま裕子が言った。

「悟……」

「眠ったのかと思ったよ」

「眠ってないよ。もっと話して――声を、聞かせて……」

彼女の言葉にぼくははっとして、身を強ばらせた。

「どうしたの、裕子？」

ぼくは震える声で彼女に訊いた。

「目が……目が見えないの……」

「裕子！」

ぼくが声を荒げると、裕子はいやいやをするように首を振った。

「大きい声はだめだよ。もっと、優しく話して……」

ぼくは喉がつまって、声を出すことが出来なかった。

「少し、早かったけど――でも、欲張っちゃ、いけないんだよね……」

うん

「ねえ……」

うん

「あの教室で、私の後ろに座った人が、悟でよかった……」

うん

「私の好きになった人が、悟でよかった……」

「——そうだね」

ぼくは一生懸命がまんして、涙をこらえた。それでも彼女がどんどん滲んで、遠くなっていく。

「私の結婚したひとが、悟でよかった……」

「ぼくも……そう、思うよ」

ねえ、と裕子が言った。

もし、あの場所で出逢わなかったら、私たちはどうなっていたのかな?

「ぼくは——ぼくは、人嫌いの変人だから——きっと、裕子と出逢わなかったら、いつまでたってもひとりぼっちだったと思う……」

「そんなことないよ……」

裕子はつらそうに息をしながら、そう言った。

「悟ぐらい優しい人はいないんだから、きっと……」

「裕子」

「うん」

「ぼくを一人にしないでよ。こんなのいやだよ！」

裕子はオレンジ色の光の中でひっそりと微笑んだ。

「ごめんね、悟……」

私も悟と離れたくない――

でも。


「ねえ、悟？」

「うん」

「お願いを聞いてほしいの……」

「なに？」

「『愛している』って、言ってもらったことがなかった……」

「だってさ」

ぼくは顔中を涙で濡らしながら、それでも微笑もうと努力していた。

「恥ずかしいんだよ。そういうのってさ」

「そう？」

「そうだよ。だから——だから一度しか言わないよ」

「うん。聞いてるよ……」

ぼくは彼女の額にそっとキスをした。

「——愛してるよ、裕子」

ぼくの声は嗄れて、まるで小さな子供のように弱々しかった。

「だって、きみはぼくの——」

「うん」

「きみはぼくの、ただ一人のかけがえのない妻なんだから……」

いいなあ、と彼女は言った。

すごくいいよ。

それじゃあ、もういくね。

そして、彼女は小さく呟いた。

バイバイ——悟。

彼女の指が、ぼくの手から離れてベッドの上に落ちた。

64

夢を見た。

夢の中でぼくは裕子を探して、深い森の中を彷徨い歩いていた。果てしなく引き延ばされた時の中で、ぼくは凍てついた心を抱え、重い脚を引きずりながら彼女の姿を追い求めていた。幾つもの昼と夜が繰り返された後に、ようやくぼくは見覚えのある場所に辿り着くことが出来た。そこは、ぼくらが幾度となく訪れたことのある、あの東屋だった。

裕子はそこにいた。

「こんなところにいたんだね。ずっと探してたんだよ」

「私はいつでもここにいるわ。だから、そんな悲しい顔をしないで」

「うん。でも、どうしようもなく寂しいんだ」

ごめんね、と裕子は囁くように言った。そして彼女は手を差し伸べ、ぼくの眼や唇をそっと指でなぞった。その手は、深い淵の水のように冷たかった。

「ねえ、悟?」

「うん?」

「私たちが初めてキスをしたのは、この場所だったよね」

「そうだよ」

「それに、あなたが私の小さな胸に初めて触れたのも、この場所だった」

「うん……」

「ねえ、悟」と再び裕子が言った。

あなたと過ごした日々の、全ての時間が愛おしい——

悟とあんなことをしたな、こんなことをしたなって考えると、涙が出てきそうになるの。

ねえ、人の生きた証が、そんな想い出に置き換えられるのなら——悟、あなたは私の命そのものだったのかもしれない――

そう、思わない?

ねえ、悟?


しかし、ぼくはそんな彼女の問いかけに答えることは出来なかった。ぼくは眠りから覚め、彼女を夢の世界にとり残して来てしまったのだから。

ぼくは上体を預けていた裕子のベッドから顔をあげた。まるで、何かに祈りを捧げるような姿勢で眠っていたらしい。

夜明け前の薄明が、乳白色の霧のように部屋の中に漂っている。ぼくは、そのほの暗い光の中で裕子の姿を探した。

しかし、彼女は何処にもいなかった。

彼女の身体を記憶するかのように、ベッドの中央に微かな窪みがあった。そしてそこには、彼女が死ぬまで首から下げていたあの銀のネックレスと結婚指輪が残されていた。

彼女は行ってしまったのだ。

65

不思議なことに、それでも日々は昨日までと変わりなく、同じように過ぎていった。一人の女性が消え去ってしまったというのに、世界は相変わらずの律儀さで、時を刻んでいた。ぼくは、そんな慌ただしい人々の営みを虚ろな目で眺めながら、一人、記憶の部屋に引きこもり、彼女の思い出をひとつひとつ手繰り寄せながら暮らしていた。部屋のあらゆる場所がまるでタッチパネルのスイッチのように、裕子の記憶を引き起こす契機となった。

ある時は、キッチンの食器棚があるはずのない裕子の姿を映しだしていた。横板に刻まれた傷跡は、彼女の負の成長の記録だった。ぼくはその一本一本を指でなぞりながら、その時々の記憶を辿っていた。その刻跡は157で始まり、135で終わっていた。それより後は、もう背の丈を測ることをやめてしまったのだ。

下着姿で身を抱くようにしてぼくを睨んでいた裕子。

純然たる観察行為だよ。他意はない――

ぼくはそう言ったけど、本当は彼女の目映いばかりの姿態に見とれていたのだ。結局、彼女にそのことを告白することも無かった。

また別の日には、彼女が編んでいた小さな靴下や、ロンパースがぼくの心を激しく揺さぶることもあった。それは、叶うことの無かった彼女の夢の欠片だった。ぼくはレモンイエローの本当に小さなロンパースを握りしめながら、裕子と、そして生まれ来るはずだったぼくらの子供のために涙を流した。

66

裕子の葬儀は、ぼくとバードマンと依李子さんの三人で、ごくしめやかにとり行われた。亡骸の代わりに埋葬されたのは、彼女のお気に入りだった幾つかの衣服と身の回りの品々、つま先のささくれだったパンプス、それにボルトが詰まった17個のガラス瓶だった。墓石はなく、そこには彼女の実家の庭で、いつも秋になると香っていた金木犀の苗木が植えられた。

本来ならば、彼女の両親もこの場所に呼ばれるべきだったのだろうけど、裕子はそれを望んでいなかったし、彼らにしても、自分の娘の死を受け入れることは、ひどく困難なことだっただろう。

この先、ぼくは裕子の不在を人々に尋ねられたときのために、何かしら整合性のある答えを用意しておく必要があるのかもしれない。ときとして、真実は真実であるが故に人々から受け入れられないこともあるのだから。

バードマンが別離にふさわしい聖書からの引用の言葉を唱えている間、依李子さんは、ずっとぼくの手を握りしめていてくれた。彼女の手は温かく、ぼくはそのぬくもりだけをよすがとして、この最後の別離の時を堪え抜いたのだった。

彼らの居宅に戻ると、依李子さんがいつものようにホットミルクを振る舞ってくれた。

「私たち夫婦はこれまでに幾つもの別離を体験してきたわ」

彼女はぼくの向かいのソファーに腰を下ろし、両手でそっと白いマグカップを包んだ。

「それで知ったことは、別離の悲しみは、どれだけ時が過ぎても決して薄れていくことはないということ」

それは、胸の中の小さな白い部屋のようなものよ、と彼女は言った。

「決して、その部屋が無くなることはないの。日々のほんの小さなきっかけで部屋のドアは開かれ、私たちはまた別れの瞬間に立ち帰っていく……」

「人は生き続ける限り、そうやって胸の中の小部屋を増やしていくものなのです」

依李子さんを引き継ぐように、バードマンが言った。

「私たちは、あなたに何かをサジェストしようとして、この話をしているわけではありません。ただ、事実を述べているだけなのです。悲しみはここにあります」

そう言って、バードマンは自分の胸に手を置いた。

「それでも、私たちは生きていくのです」

67

そうやって少しずつ、ぼくは悲しみとともに生きていくすべを覚えていった。

幾つかの変遷を経た後、結局ぼくはもとの司法書士事務所に戻ることになった。ぼくの代わりに入った青年は、1ヶ月ほど経ったある日、突然辞表を提出して辞めていってしまったのだそうだ。藤沢クミはぼくの復帰をとても喜んでくれたけれど、ぼく自身は、以前と同じ生活に立ち帰ることで、裕子の不在というものをより一層強く感じることになり、それまでにも増して深い喪失の想いの中に沈むこととなった。

裕子の日記を見つけたのは、そんなふうにぼくの生活が回り始めて、1週間ほど過ぎたある日のことだった。日記はクローゼットの奥のベージュ色の靴箱の中に仕舞われていた。仕事のために履くローファーを探していて、ぼくは偶然それを見つけたのだった。

日記は、ぼくらが裕子の若返りに気付いたその日から始まっていた。

ひどく素っ気ない文章と体重や身長が記されたそのノートは、日記というよりも、彼女が自分自身を客観的に見つめた記録簿としての色合いが濃かった。どのページをめくっても、その色調は変わらず、ただ淡々と彼女の身体の様々な部位が小さくなっていく様子が記されていた。

そして、日記はノートの途中で唐突に終わっていた。最後のページだけは、それまでの事務的な筆致とは異なり、熱を帯びた彼女の心の言葉がページ一面を使って描かれていた。それは、Green Church でぼくらが結婚式を挙げた日の夜に書かれていた。

『妻の中に死んだ娘が舞い戻り』

依李子さんが語ったこの言葉……それは、私にとって救いであると同時に、深い喜びともなった。依李子さんが挙式の後であの話をしたのは、決して偶然などではない。もしかしたら、私たちは彼女からあの話を聞くために、牧師夫妻と出会ったのかもしれない。

私は悟と結婚してちょうど一年ほど過ぎたある晩に、とても奇妙な夢を見た。

今でも鮮明に覚えている。

私は深い森の中を歩いていた。

私は、私たちの失われた子供を探しているのだ。

(考えれば私はこの頃、同じような夢を幾度となく繰り返して見ていた)

やがて清浄な水が流れる小川のほとりに私は辿り着いた。

そこにはひとりの老人がいた。私は無意識のうちに足を運んで老人の傍らに歩み寄った。

よく見ると、その老人は4年前に亡くなった私の祖父だった。

「待っていたよ、裕子」

祖父はそう言うと、懐かしい笑顔を私に見せた。

「私は、私の赤ちゃんを探しているの」

祖父は大きく肯き、彼の傍らにある青々とした葉を付けた灌木を指さした。

「願いはこの木が叶えてくれる」

「木が？　木がどうやって？」

祖父は静かにかぶりを振り、

「急ぐことはない。いずれお前はその意味を知ることになる。今はただ私の言葉を信じ、言うとおりにすればいい」

そして、彼は私の肩に手をかけ、木のそばに引き寄せた。幼いとき、彼に抱かれるといつも香っていたあの煙草の匂いがした（その銘柄は忘れてしまったけれど）。

「その葉をひとつ取って」と祖父は私を促すように、あごを差し向けた。

「口に含み、飲み込むんだよ。そうすれば、願いはかなう」

「子供が戻ってくるのね？」

祖父は少し寂しそうに微笑み、

「答えを急いではいけないよ。願いが叶うまでにはきっと長い長い年月が費やされるに違いない。それに、裕子自身も辛い思いをすることになる」

それでもいいんだね？　と祖父は確かめるように私の顔を見た。

私は無言で肯くと、一番手近にあった小振りな葉を手に取り、小さく噛んで口に含んだ。青臭い匂いが鼻の奥を刺激したけれど、味は殆ど感じなかった。私は2、3度口の中で葉を噛み締めると、そのまま飲み込んだ。

「これでいいの？」

「そうだね」

祖父は眼を糸のように細めて微笑むと、皺が深く刻まれた自分の頬を手で擦った。

「あとは待てばいい。それがいつとは言えないけれど、きっと赤ん坊は帰ってくるはずだ」

そして祖父はきびすを返し、森の中へ歩み去ろうとした。しかし、3歩ほど行ったところで徐に振り向くと、私にこう言い残した。

「この話は誰にもしてはいけないよ。誰かに語ったとき、望みは裕子の手の中から水のように零れていってしまうから。いいね？」

そこで、私は夢から覚めた。

この時の私は夢の意味について深く考えることはなかった。祖父との約束を守ると言うより、敢えて語るほどのことでも無いという理由から、私は悟にこの夢の話をせずにいた。そして、この頃から私の身体は小さくなり始めたのだけれど、その理由をこの夢に結びつけることは一度もなかった。

今日、依李子さんに、あの話を聞くまでは——

私はもうひとつ、悟に言ってなかったことがある。

私は赤ちゃんを流産した後も、それから何度か産婦人科の病院に足を運んでいた。そして幾つかの検査の結果から、私の子宮が小さく固いために、また妊娠しても流産してしまう可能性がとても大きいのだと、お医者さんから宣告された。

もう、子供は産めないかもしれない……

赤ちゃんを心待ちにしている悟に、この事実を告げることが私にはどうしても出来なかった。私は彼の前では、私もまたこの身体に赤ちゃんが宿るのを心待ちにしているのだというふりをし続けるしかなかった。

そして今、私は考える。

一生懸命考えてみる。

依李子さんの言葉の意味、あの時見た夢の意味、私の身体が若返っていくことの意味を。

多分――私は生まれ変わろうとしているのだと思う。

『妻の中に死んだ娘が舞い戻り』と依李子さんは言った。

だから、きっと私のこのお腹の中では、あの時の赤ちゃんが小さな小さなひとつの細胞となって、再び生を受ける日をひっそりと待ち受けているに違いない。

そして彼女はこんなふうにも言った。

『妻は娘となった』

やがて、このまま若返りを続けていったなら、おそらく私もまた最後にはひとつの小さな細胞となっていくのだろう。そして二つの小さな細胞はひとつに重なり、生まれ来る前の世界へと帰っていくのだ。

私たちはその場所で生まれ変わる日を待つのだろう。やがてまた、悟と結ばれる日を夢見て。

再びこの世に生を受ける日はいつなのだろう？　そこには時間の概念などないのだろうから、それは10年後かもしれないし、あるいは今よりもずっと以前のことになるのかもしれない。

でも、きっと私は悟と再会する。

そして、その時の私は今の私とは少し違っているだろう。

だって、私はその為に生まれ変わるのだから。

その私は、きっと今度こそきちんと子供を産むことの出来る女性として、悟の前に立てるはずだ。


悟――

私を見つけてね。

私はかならずあなたのもとに戻ってくるから。

そして、私のお腹の中には、あの時の赤ちゃんがいるのよ。

悟、家族になろうね。

私と、あなたと、そして私たちの赤ちゃんと。

それが私の望みなの。

68

裕子へ。

覚えているかな？

あの高原のレストランで、きみが望んだこと。きみは「手紙が欲しい」とぼくに言ったよね。だから、こうやってぼくは、ずっときみに手紙を書き続けてきた。

手紙はもう随分な数になったよ。全てはきみの日記と一緒に、あのベージュ色の靴箱の中にしまってある。

そう、きみを待ち続けて、もうかなりの日々が流れた。

ぼくは相変わらず、あの頃と同じアパートに暮らし（ここはきみが戻ってくるべき場所だからね。部屋の調度品も殆どそのままだ）、同じ司法書士事務所に通っている。藤沢クミは、今から3年前に結婚して事務所から去っていった。でも、今でも季節毎に彼女からは手紙が届く。暑中見舞いだとかクリスマスカードとかね。

その中で、彼女はいつも「奥さんは風邪をひいてませんか？」って、訊いてくるんだ。

彼女らしいよね。

きみの両親は今も元気だよ。

ただ――

ジョンはもういない。寿命だったんだ。

彼は（いや、彼女だった）、犬らしく、自分の人生に満足した様子でこの世から去っていったよ。

その少し前から、ぼくはきみの実家に時折立ち寄るようになった。三人できみの思い出を語り合うんだ。

子どもの頃の話もたくさん聞いたよ。やっぱりきみは琥珀色の髪をしていたんだってね。

そして、カルピスばかり飲んでいたって。

ぼくは、きみの両親には何も言っていないんだ。真実を告げることをきみは望んでいなかったし、かといってうまい作り話をぼくは思いつくことが出来なかった（ぼくは心に思っていないことを口にするのが、とても下手だから）。

でも、きっときみの両親はわかっていたんだと思う。きみの身に何が起きたのか。だって、彼らはきみの話をするとき、いつも悲しそうな顔をしているから。

バードマン夫妻は今ベトナムにいる。

数年前に依李子さんの叔母さんが一足先に帰国していたんだけど、彼女の体調が思わしくないんだ。その看病をするために依李子さんがベトナムに向かい、そして彼女を追うようにしてバードマンも行ってしまった。

すごく寂しいよ。

きみとのあの日々のことを語ることの出来る相手がいなくなってしまったんだから。

そう、ぼくはきっと孤独なんだと思う。

ねえ裕子。

きみに会いたいよ。

いつか再会出来るときみは書いていた。だから、ぼくもそれを信じ待ち続けている。

もしかしたら、あの自然公園の森の中からきみが現れるんじゃないかと思って、何度も足を運んでしまう。

そうやって日々は流れていき、気が付けばもう10年の年月が過ぎてしまった。

この秋でぼくは34になる。

裕子、きみは何処にいるんだい？

＊＊＊

風が渡る晩夏。

ぼくはいつもの週末と同じように、その日も自然公園の小径を走っていた。

頬を切る風は、微かに秋の匂いがした。しめった落ち葉から立ちのぼる蒸気。木々の隙間から差し込む金色の光。いつもと変わらない森の空気がぼくを落ち着かせる。

森の一番深い場所で、ぼくは木々の枝を透かして、ひとりの女性の姿を見たような気がした。しかし、昼でも暗いこんな場所を歩く女性はめったにいない。

目の錯覚だったのだろうか？

足を止めて目を凝らしてみるが、その姿をもう一度捉えることは出来なかった。

色づいた秋の葉が見せた幻だったのだろう。

いつものことだ。慣れている。

ぼくは、自嘲めいた笑みを口の端に浮かべると、再び走り出した。

やがて、東屋に辿り着く。

いつもなら、そのまま通り過ぎてしまうのだが、視界の隅で捉えた何かが、ぼくの足を止めた。

それは木製のテーブルの上に置かれていた。

ぼくは息を止め、そっと手を伸ばし、掴み上げた。

ちゃりんと、高く澄んだ音が響いた。

それは、一本のボルトが入ったガラス瓶だった。

終

あとがき

無償の愛。

この小説が世に出た頃、インタビューを受けるたびに、ぼくはそんな言葉を口にしていました。これは、無償の愛を描いた小説なんだ、と。いまでもその思いは変わらないんだけど、最近は、もうひとつ深いところに降りて、その意味を考えるようになってきました。

なぜ、無償なのか。

ぼくは元来、快楽主義者です。身体や心が弱いので、できるだけ「無理」をしたくない。心地いいことだけをしていたい。あまり物事を善悪で考えず、好きか嫌いかで考え、嫌いなことは遠ざけ、好きなことだけに目を向ける。それが、心の安定にも繋がりますから。

だから、純愛について訊ねられたときにも、ぼくはこう答えました。

「それが、ぼくにとって一番心地いい恋愛の形だからです。他の女の人に手を出せなんて言われたら、ストレスで血を吐きます」

あるいは、「お二人は一度も喧嘩をしたことがないんですって？」って訊かれたときも、

「それは、ぼくが他の誰とも喧嘩をしたことがないからです。奥さんもそうです。誰かと争うのは苦手です。争いになるぐらいなら、先に退いてしまったほうが楽です」と、

答えてます。

そうやって考えてみると、無償の愛、って言葉はぼくの中では矛盾してるんですね。無償じゃない。心地いいんだから。有償の愛なんですね。献身でもないし、忍耐でもない。気持ちいいから、相手のために何かをする。

「Separation」に出てくる悟と裕子も、それが自分の幸せだと感じるから、相手につくそうとする。外から見れば利他的な行動なんだけど、内側から見ればそれは利己的な動機なんですね。だから無理がない。迷いもない。

それとある種の感応性。相手の感情が自分の心に入りこんでくる。相手が気持ちいいと、なぜか自分も気持ちよくなる。悲しいと、自分も悲しくなる。相手が泣けば、自分も泣きたくなる。相手につくすことが、そのまま自分につくすことになる。

それを知っているから、ぼくらは、自分のパートナーを信頼することができる。遠慮することなく、愛を受け取ることができる。そこに損得は生じません。

「Separation」の裕子と悟の関係は、実際のぼくら夫婦の逆写しです。

この小説がドラマ化されたときに、ぼくがよく言っていた言葉です。実際の生活では子供のようなぼくが奥さんに見守られている。でも、いま考えてみると、これも一方的な関係ではないんですね。互いに弱いところがあり、それを互いが支え合っている。どちらかが苦しいときは、どちらかがその背中をさすってあげる。さすりたくなるんですね。これはもう本能的欲求です。痛むところに無意識に手が伸びる。自分の痛むところに手が伸びるとの同じです。「手当」というのは、こういうった本能的な感覚から生じた言葉なんじゃないでしょうか。

このような、ぼくらの思いがまずあって、そこから「Separation」は生まれました。妻が若返るというストーリーは突拍子もないけれど、そこに描かれている気持ちは、すべて真実です。どれもが、ぼくがいつも感じていたことです。

また、多くのエピソードもぼくら夫婦のあいだに実際にあったことです。十五での出会いや、彼女が寮生活を送っていて、なかなか会えなかったこと。森の中のランニング、夜の陸上競技場、国道沿いのイタリアンレストラン——

ぼくら夫婦にとっては、この「Separation」は、どこか懐かしい思い出のような小説なのです。

二〇〇六年九月　市川拓司

アルファポリスの新刊

明日、キャロラインカフェで

椙本孝思

サヨナラもなく去った3年前の恋人――
「THE CHAT」の鬼才、椙本孝思が描く
奇妙でせつない、青春恋愛ミステリー

（二〇〇六年十一月刊行予定）

小さな広告代理店に勤める初芝亘（25）は、ドイツの片田舎の街グラスラグラスで催される魔女祭の取材に出かけた。

楽隊とビールで華やいだ、一見のどかな田舎祭りと思われたが、夜、亘は不可思議な儀式に招かれ、混濁ののちに意識を失う。

帰国後、奇妙な懐かしさを伴うデジャブ現象に囚われるようになった亘は、やがてそこに三年前に突然去っていった学生時代の恋人、麻衣の影を感じるようになる。

亘は二人が半同棲していたかつてのマンションに足を向けるが……

詳しくはアルファポリスにてご確認下さい
http://www.alphapolis.co.jp/

本書は、2002年1月当社より刊行された単行本「Separation」に収録された小説「Separation　―きみが還る場所」を文庫化したものです。

アルファポリス文庫

Separation　―きみが還《かえ》る場所《ばしょ》

市川拓司（いちかわたくじ）

2006年 10月30日初版発行

発行者－梶本雄介
発行所－株式会社アルファポリス
〒150-0031東京都渋谷区桜丘町15-15NKG東京第2ビル
TEL 03-3780-7977
URL http://www.alphapolis.co.jp/
発売元－株式会社星雲社
〒112-0012東京都文京区大塚3-21-10
TEL 03-3947-1021
装丁デザイン－オレンジボックス
印刷－東京書籍印刷株式会社

価格はカバーに表示されてあります。
落丁乱丁の場合はアルファポリスまでご連絡ください。
送料は小社負担でお取り替えします。

ISBN4-434-08441-0 C0193